한국의 차도구

釜國茶文化叢書 ②
부산대학교 국제차산업문화전공

한국의 차도구
내 마음의 차도구 [吾心之茶道具]

이병인·안범수·홍석환 지음

이른아침

인사말

차茶를 마시기 위한 기본적인 도구인 차도구茶道具는 차인茶人들의 필수품입니다. 차를 즐기는 한 사람으로서 차를 즐기며 도자기로 만든 차도구에 대한 관심을 가져왔습니다. 그 과정에서 모든 차인들이 겪어야 했던 차도구에 대한 궁금증을 풀어보자는 생각에서 도자기陶瓷器로 만든 차도구에 대한 내용들을 정리해보게 되었습니다.

차도구에 관해서도 누구든 처음부터 모든 것을 알 수는 없는 일이고, 다만 끊임없는 관심과 노력만 있으면 할 수 있는 일이라고 생각합니다. 그리고 어떤 일이든 제대로 일을 하고자 한다면 작은 일은 수년에서 십 년이면 될 것이고, 큰 일이라면 한 세대나 평생이면 이루어갈 수 있는 일이라고 봅니다.

본서本書는 지난 70년대 후반인 대학시절부터 차를 즐기며 전통가마의 도예가들을 찾아다닌 고민의 결과이고, 지난해 부산대학교 국제차산업문화전공國際茶産業文化專攻 석·박사과정에 '차도구연구茶道具研究'란 교과목을 개설하면서 담당교수로서 학생들과 답사한 결과들을 정리한 것이기도 합니다.

　도자기로 만든 차도구, 특히 다관茶罐과 찻사발茶沙鉢을 중심으로 차도구에 대한 기본적인 지식과 전문적인 내용, 그리고 우리나라의 대표적인 차도구 도예가들을 소개하고, 마지막으로 그동안 좋아하는 차도구를 '내 마음의 차도구[吾心之茶道具]'로 정리하여 우리 시대 바람직한 차도구에 대하여 모색해 보았습니다.

　이 시대를 같이 하며 차茶를 즐기는 사람이라면 이 시대 차문화茶文化의 특성을 알고, 서로 공유共有하며, 다음 시대로 이어갈 수 있도록 노력하여야 할 것이라고 봅니다. 차도구는 이 시대 차문화의 한 중심축으로서 차인이라면 차도구의 특성과 발전을 위해 노력하여야 하고, 차도구를 만드는 도예가는 차를 즐기며 차의 특성에 맞는 이 시대의 차도구를 만들어 가야 합니다.

　차를 즐기는 차인茶人들과 차도구를 만드는 도예가陶藝家들의 아름다운 만남으로 이 시대 차문화가 더욱 번창하기를 기대합니다.

　우리 모두가 좋아하는 '내 마음의 차도구[吾心之茶道具]'로 저마다 맑은 차茶 한 잔을 즐기시기 바랍니다.

2023년 봄
저자 일동 맑은 차 한 잔 올림[一茶拜]

대 그림자 뜰을 쓸어도
먼지 하나 일지 않고
달이 물 밑을 비추어도
물 위엔 흔적조차 없네

竹影掃皆塵不動 月穿潭底水無痕

- 야보송(冶父頌) -

차례

제7장

내 마음의 차도구[吾心之茶道具]　•256

제8장

종합결론 : 내 마음의 차도구를 찾아서　　　•288

제1장

차도구란 무엇인가?

제1장

차도구란 무엇인가?

'차도구茶道具'란 차茶를 마시는 데 필요한 도구道具를 말한다. 만드는 재료材料에 따라 도자기, 금속류, 목재류, 석재류, 유리류 등 다양한 종류의 차도구가 있을 수 있다.

본서에서는 일반적으로 많이 사용하는 도자기陶磁器로 만든 차도구를 중심으로 살펴보도록 한다.

차도구는 차茶를 마시기 위한 기본 용기用器이므로 차를 마시기에 적당한 기능적 특성과 조형적인 아름다움이 있어야 한다.

기본적으로 차를 마시기 위한 기능성機能性과 예술작품으로서의 조형성造形性이 함께 하는 것이 바람직하다.

일반적으로 차도구의 세계는 차를 마시기 위한 모든 용기류가 포함되나, 녹차 등의 잎차를 마시기 위한 '잎차용 다기세트'와 말차를 마시기 위한 '말차용 다기세트'로 구분될 수 있다. 그리고 최근 서양의 홍

청자상감국화문 탁잔

차와 커피 등을 마시기 위한 차도구와 기타 용기로서 꽃병과 향꽂이 등이 포함될 수 있다.

잎차용 다기로 중요한 것은 차를 우려내는 차 주전자인 다관茶罐이 다. 그리고, 차를 마시기 위한 찻잔과 차와 물을 나누고 식히기 위한 숙우, 퇴수기, 차호, 물항아리, 찻상(다반, 다해) 등이 준비되어야 한다.

말차용 다기세트로는 차를 마시기 위한 찻사발[茶碗]과 물항아리, 차 선, 차시, 차선꽂이, 나눔잔 등이 있다.

1. 차도구의 종류

최근 우리나라의 경우에도 다양한 차문화와 관련하여 여러 종류의 차도구들이 나타나고 있다. 크게 봐서 ① 녹차 등 불발효차와 오룡차 등 반발효(산화)차, 그리고 보이차·천량차 등 발효차를 마시기 위한 잎차용 차도구 ② 말차용 차도구 ③ 홍차와 커피 등을 마시기 위한 차도구 등으로 구분될 수 있다. 본서에서는 잎차용 차도구와 말차용 차도구를 중심으로 살펴보도록 한다.

(1) 잎차용 차도구

잎차용 차도구로는 다관, 숙우, 찻잔, 찻잔받침, 뚜껑받침, 퇴수기, 다반/찻상, 차숟가락, 차통/차호, 물항아리, 1인용·2인용·3인용·5인용 다기세트, 단체용/행사용 다기세트, 꽃병, 향로/향꽂이 등이 있다.

최근에는 불발효차인 녹차만이 아니라, 반발효차·발효차 등으로 차의 종류가 다양화하고 있는 실정이다. 그에 따라 차도구의 종류가 다양하게 변화해 가고 있으며, 또한 차를 적절하게 보관하기 위한 차통 등의 중요성이 강조되고 있다. 예전에는 다기세트의 일부로서 조그만 차통이 사용되었으나 최근에는 여러 종류의 차를 장기간 보관하기 위한 다양한 크기의 차통이 사용되고 있다. 그 예로서 발효차뿐만이 아니라 녹차 또는 반발효차 등도 오랫동안 보관한 후 마시기 위한 노력이 나타나고 있고, 노차老茶 또는 고차古茶 등을 적절하게 보관하기 위한 다양한 노력도 진행되고 있다.

잎차용 다구는 기본적으로 다관과 찻잔, 숙우, 그리고 찻상과 차통 등이 중요하며, 최근에는 차문화가 다양화하면서 개완과 표일배 등의 차도구들도 활용되고 있다.

다관의 종류

옆손잡이 다관(횡파형 다관)   뒷손잡이 다관(후파형 다관)   윗손잡이 다관(상파형 다관)

① 다관茶罐

다관이란 찻잎을 우려내는 그릇으로 차 주전자를 말한다. 다관의 종류로는 일반적으로 손잡이의 위치에 따라 다관의 손잡이가 옆에 붙어있는 옆손잡이 다관(횡파형 다관), 손잡이가 위에 붙어있는 윗손잡이 다관(상파형 다관), 그리고 손잡이가 뒤에 붙어있는 뒷손잡이 다관(후파형 다관)으로 구분된다.

다관茶罐의 각 부분별 주요 명칭은 다음 그림과 같다.

다관의 주요 부분 명칭

② 찻잔茶盞

찻잔은 차를 따라 마실 때 쓰는 작은 잔을 말한다. 찻잔받침과 한 세트로 만들어지기도 하며, 행사 시 주로 사용하는 헌다잔 등도 있다. 최근에는 다양한 형태의 찻잔들이 많이 만들어지고 있으며, 찻잔 자체도 작품으로서 가치를 인정받고 있다.

③ 찻잔 받침[盞托]

찻잔을 받치는 그릇으로 도자기, 은, 동, 철, 자기, 나무 등이 있다. 찻잔과 한 세트로 하는 것이 좋다.

④ 숙우熟盂

잎차용 찻물을 식히고 따르기 위한 그릇이다. 주로 도자기와 유리 등이 사용된다.

⑤ 차숟가락[茶匙]

찻잎을 뜨는 수저로 대부분 나무와 은 등으로 만드나, 도자로 만들 수도 있다.

⑥ 찻상茶床

차도구를 올려놓는 상으로 나무 등으로 만들며, 최근에는 도자기로도 많이 만들고 있다. 간단히 다관 등을 올려놓고 사용하는 다해, 또는 다반 등이 포함된다.

⑦ 탕관湯罐

탕관은 찻물을 끓이는 주전자로 주로 철제류(철과 은 등)를 많이 사용하며, 내화토를 함유한 도자기로도 만들 수가 있다.

⑧ 차화로[茶爐]
찻물을 끓이기 위한 화로로 최근에는 도자기로 많이 만들고 있다.

⑨ 퇴수기退水器
차도구 씻은 물을 버리는 그릇을 말한다.

⑩ 물바가지[杓子]
탕관에서 끓인 물을 떠낼 때 쓰는 도구를 말한다.

⑪ 차호茶壺/차통
차를 넣어두는 작은 차통을 말한다. 최근에는 차의 종류에 따라 다양한 크기의 차통들을 만들어 사용하고 있다.

⑫ 물항아리
찻물을 담아두는 항아리를 말한다.

⑬ 다식그릇과 다식접시
손님 앞에 다식을 담아 내놓는 그릇이고, 다식접시는 다식을 덜어먹는 개인용 앞접시를 말한다.

⑭ 개완蓋椀
차생활이 다양화되면서 차를 쉽게 우리기 위한 개완 등이 많이 사용되고 있으며, 개인 잔으로도 사용된다.

⑮ **기타 1**(꽃병, 향로 등)

다실 또는 주위의 분위기를 화사하게 만들기 위하여 꽃을 꽂는 화병이나, 향을 피우는 향로 등이 필요하며, 도자기로 만들어도 좋다.

⑯ **기타 2**[찻수건(茶巾), 찻상보(茶床布), 차포 등]

찻수건은 차도구의 물기를 닦는 수건으로 주로 마포나 면류를 사용한다. 찻상보는 차도구에 먼지가 끼지 않도록 덮어 두는 것으로 주로 면류 등을 사용하며, 차포는 찻상 위에 까는 자리를 말한다.

(2) 말차용 차도구

말차용 차도구로는 찻사발, 차통, 물항아리, 퇴수기, 화로, 솥, 차선, 차시, 병표, 나눔잔, 말차 나눔세트, 차선꽂이, 도자 화로, 꽃병, 향로 등이 있다. 이 중에서도 도자기로 만든 찻사발과 차통, 물항아리, 화로 등이 중요하다.

① **찻사발**[茶碗]

말차를 섞어 마시기 위한 그릇을 찻사발[茶碗]이라 한다. 찻사발은 시대적으로 전통 찻사발과 현대 찻사발로, 도자기 종류에 따라 토기찻사발, 청자찻사발, 분청찻사발, 백자찻사발 등으로 구분할 수 있다. 그중에서도 전통 찻사발은 옛 찻사발의 형태에 따라서 정호사발, 녹황유사발 등으로 구분할 수가 있다. 전통 찻사발의 경우 기본적인 형태는 옛 사발의 형태를 따르므로 그 형태적 완성도와 질감에 대한 이해가 중요하다. 다음의 그림들과 설명은 신수길 선생의 《차도구》(솔과학, 2005)에서 인용하고 참조한 것이다.

찻사발의 각 주요 부분의 명칭은 다음 그림과 같다.

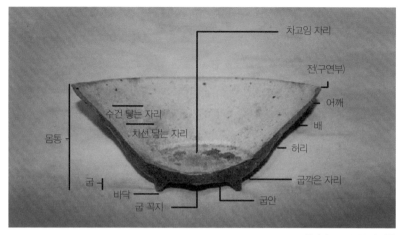

찻사발 주요 부분의 명칭

찻사발의 주요 형태와 전, 굽에 관한 형태적 특성은 다음 그림과 같다.

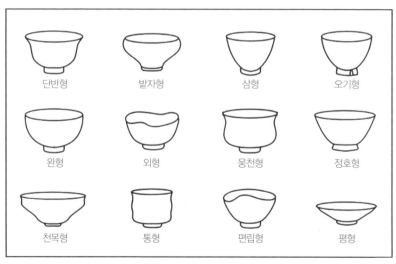

찻사발의 형태

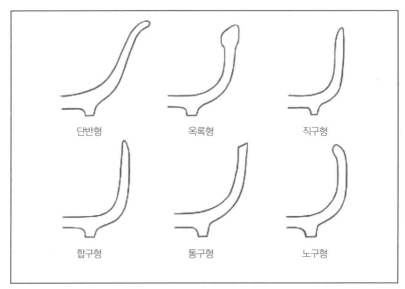

찻사발 전의 종류

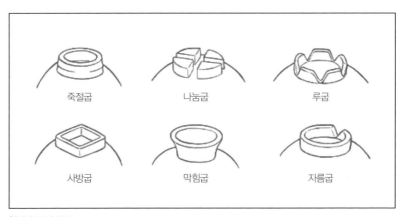

찻사발 굽의 종류

② **차통**[茶入]

　말차를 담아두기 위한 통으로 도자기로 만든 몸체에 상아뚜껑 또는 도자기뚜껑 등으로 만든다. 박차용의 차통은 박차기薄茶器라 하며, 보통 나무나 대나무 등으로 만든다.

③ 물항아리[水指]

물을 담아두는 통으로 도자기나 나무, 금속 등 다양한 재료로 만든다.

④ 퇴수기[建水]

물을 버리는 그릇을 말하며, 도자기나 금속 등으로 만든다.

⑤ 화로[爐]와 풍로風爐

화로는 추운 계절에 사용하며, 보통은 방바닥을 파고 설치한다. 풍로는 더운 계절에 사용하는 화로를 말하며, 도자기와 금속 등으로 만든다.

⑥ 나눔잔

개인용 말차를 나눠 먹는 작은 사발을 말한다.

⑦ 말차 나눔세트

여러 사람들이 모여 말차를 마실 수 있도록 큰 찻사발과 작은 사발로 이루어진 나눔잔(3개/5개 등) 세트를 말한다.

⑧ 차선과 차선꽂이

차선은 찻사발 내의 말차와 물이 잘 격불하도록 대나무 등으로 만든 것을 말하며, 차선꽂이는 차선을 놓아두는 것으로 도자기 등으로 만든다.

⑨ 솥[釜]

무쇠, 돌 등으로 만든 솥으로 물을 끓일 때 사용한다.

⑩ **차시 또는 다표**茶杓

우리가 흔히 차시라고 하는 것으로 가루차를 덜어낼 때 사용한다. 보통 대나무를 깎아서 만들고 벚나무나 상아, 은 등을 깎아서 만들기도 한다.

⑪ **병표**柄杓

솥에서 끓는 물을 뜰 때 사용하며, 대나무 등으로 만든다.

⑫ **꽃병**[花甁]

다실 또는 주위의 분위기를 화사하게 만들기 위하여 꽃을 꽂는 화병 등이 필요하며, 도자기로 만들어도 좋다.

⑬ **향로**香爐

다실 분위기를 차분하게 하거나, 청정하게 하기 위해서 맑고 그으한 향을 피우는 향로가 필요하며, 도자기와 청동, 은 등으로 만든 것이 좋다.

⑭ **기타**[찻수건(茶巾), 찻상보(茶床布), 차포 등]

찻수건은 차도구의 물기를 닦는 수건으로 주로 마포나 면류를 사용한다. 찻상보는 차도구에 먼지가 끼지 않도록 덮어 두는 것으로 주로 면류 등을 사용하며, 차포는 찻상 위에 까는 자리를 말한다.

2. 차인과 도예가의 과제

차도구茶道具의 세계에서 오늘날에는 더 많은 도전과 변화가 요구되

청자 거북형[龜形] 주자

고 있다. 이 시대 차도구를 만드는 도예가들이라면 한중일韓中日 삼국三
國의 차문화와 세계 차문화의 흐름을 이해하여야 한다.

특히 다관茶罐을 만드는 도예가라면, 중국 자사호의 다양성多樣性과 기
능성機能性과 형태에 필적하는 다관들을 만들어가야 하고, 찻사발[茶碗]
을 만드는 도예가라면 일본 찻사발의 세계와 미학美學을 뛰어넘는 찻사
발을 만들어야 한다. 그리고 커피와 홍차로 대변되는 서양의 차문화와
차도구를 섭렵하고, 이를 포용하는 차도구 세트를 만들어 가야 한다.

연구과제

제2장

우리나라의 도자기

제2장

우리나라의 도자기

　역사적으로 흙(점토)을 빚어 그릇을 만들어내는 도자기는 여러 형태의 가야토기와 신라 등 삼국시대 토기, 고려시대 청자와 조선시대의 분청사기와 백자로 명맥을 이어오면서 우리의 도자기 문화를 꽃피워왔다. 인류의 생활문화가 발달하면서 도자기는 사용 목적과 용도에 따라 여러 가지 모양의 다양한 그릇들이 만들어졌다.

　도자기陶磁器는 1,100도 이하의 낮은 온도에서 구워낸 연질軟質의 그릇을 도기陶器라 하고, 유약을 발라 1,200도 이상의 높은 화도에서 구워진 것을 자기磁器라 한다.

　도기는 신석기시대부터 시작되며, 자기는 중국 남북조시대 월주越州라는 곳에서 3세기경에 만든 초기 청자로부터 시작되어 9세기에 고월자古越磁라 부르는 맑은 월주청자越州靑磁가, 그리고 10세기에 완성된 모습의 월주청자가 만들어진다.

도자기는 예로부터 물을 담아서 사용하는 장군병, 자라병, 주전자, 연적, 꽃병, 필통 등 용도에 알맞은 독특한 형태로 만들어졌다. 또한 사리 항아리, 묘지, 인물상들도 많이 만들어졌다. 도자기는 깨끗하고, 청결하고, 아름답고, 사용하기 좋으며, 특히 부식되지 않고, 반영구적으로 보존이 가능하기 때문에 많이 사용하여 왔다. 또한 도자기는 중국, 일본 등과 서로 교류하며 영향을 주고받았고, 중국, 일본과는 다른 우리만의 독특한 아름다움을 잘 드러내었다.

우리나라 도자기의 특성을 도기陶器/토기土器, 청자靑磁, 분청사기粉靑沙器, 백자白磁로 구분하여 살펴보면 다음과 같다.

1. 도기 / 토기

토기土器/도기陶器는 인류의 생활도구로 가장 오랜 기간 동안 사용하여 왔다. 흙을 반죽해서 형태를 만들고, 불에 구워낸 신석기시대부터 만들기 시작하여 청동기시대, 철기시대를 거치면서 더욱 다양하게 발전하였다. 김해 패

언정다영(言貞茶榮) 명완(통일신라)

총에서 출토된 김해토기는 기종과 형태도 다양하고, 6세기 신라에 합병되면서 신라토기로 이어져서 더욱 더 다양하게 발전하게 된다. 이러한 다양한 형태의 도기는 김해국립박물관과 경주국립박물관 등에 가면 구체적인 모습들을 살펴볼 수 있다.

2. 청자

자기磁器는 중국 남북조시대 월주越州라는 곳에서 3세기경에 만든 초기 청자로부터 시작되어, 9세기에 고월자古越磁라 부르는 맑은 월주청자越州靑磁가 나오고, 10세기에 귀하고 아름다워 궁중에서만 사용하는 비밀스러운 비색秘色의 월주청자가 만들어진다. 고려 사람들도 처음에는 중국에서 만든 청자를 수입해 사용하다가 연구하고 실험하여 10세기 후반경에 청자를 만들기 시작한다. 그 이후 100여 년간 수없는 실험을 통하여 강진 용운리 가마와 고창 용계리 가마에서 훌륭한 청자를 만들어내게 된다. 그러다가 12세기 강진 사당리 가마와 부안 유천리 가마에서 오늘날 명품으로 전해지는 아름다운 고려청자들이 만들어지게 된다.

이 시대 명품으로 고려 인종(재위 1122~1146)의 무덤에서 발견된 아름답고 완벽한 형태와 유약의 발색이 좋은 '청자참외모양꽃병' 등이 있다. 이밖에도 청자양각대마디무늬병, 청자죽순주전자, 청자향로, 청자

청자 향로

거북이모양주전자 등의 청자 명품들이 있다.

이와 같은 고려청자에 대한 기록은 송나라 시대 서긍의 《고려도경高麗圖經》이라는 책을 보면 잘 나타나고 있다. "도기 중 색이 푸른 것을 고려사람들은 비색翡色이라 부르는데 근래에 와서 제작이 공교롭고 색깔이 더욱 아름다워졌다"고 하였으며, 송나라 때 태평노인太平老人이라 부르

는 사람은 《수중금袖中錦》이라는 책에서 천하제일론天下第一論이라는 글에 "벼루는 단계端溪 벼루가 최고요, 종이는 내지內紙가 최고이고… 고려비색高麗翡色이 천하제일이다"라고 하였다.

그러다가 청동그릇에 홈을 파고 은실을 밀어 집어넣어 무늬를 나타내는 청동은입사靑銅銀入絲 기법을 이용하여 상감청자象嵌靑磁을 만들어 내게 된다. 흑백상감무늬가 청자의 푸른

청자양각죽절문병(12세기)

바탕색과 잘 어우러지는 상감청자는 중국에도 없는 고려청자만의 기법이었다. 이러한 상감청자는 1159년에 죽은 문공유文公裕의 무덤에서 출토된 청자상감 보상당초무늬대접이 가장 오래된 상감청자이다. 이때의 명품으로 청자상감운학문매병 등이 있다.

또한 상감청자로 발전할 때, 갈색이 나타나는 철유鐵釉, 검정색이 나타나는 흑유黑釉, 그리고 백자白磁도 함께 나타나서 다양성을 드러내게 된다.

이와 같이 고려청자는 고려를 세계에 널리 알리는 계기가 되었고, 고려비색高麗翡色이라 하는 청자의 아름다운 빛깔로 세계인을 사로잡았다. 또한 음각과 양각으로 무늬를 넣은 순청자와 상감기법으로 그림과 무늬를 새겨넣는 고려 특유의 상감청자 외에도 화청자, 철채청자, 진사청자 등이 있으나, 순청자와 상감청자가 주류를 이루고 있다.

고려청자는 은은한 푸른 빛깔이 독특하고, 그릇 모양, 무늬 등의 세

청자상감운학문매병(12세기 중엽)

련미가 돋보인다. 특히 상감기법은 고려청자의 진가를 높이는 데 큰 몫을 차지하고 있다. 여기에서 한 가지 안타까운 일은, 현재 전해지고 있는 유물들은 사람들이 사용하여 전세傳世되어 내려온 것이 아니라 전부 무덤에서 나온 출토품出土品이라는 사실이다.

3. 분청사기

고려말 청자문화가 쇠퇴하면서 종래의 청자방식대로 구웠지만 푸른 빛이 제대로 나오지 않고 누런빛이거나 회색빛이 되어서 칙칙한 색을 없애기 위해 상감할 때 쓰던 하얀 백토로 분장하게 된다. 그렇게 해서 생긴 것이 '분장회청사기粉粧灰靑沙器'이며, 그것을 줄인 말이 '분청사기粉靑沙器'이다.[1]

분청사기는 관요官窯가 아니라 민요民窯에서 제작되었으며, 분청사기의 종류로는 15세기 전반에 제작된 상감象嵌 분청사기와 인화印花 분

---

1 '분청사기(粉靑沙器)'라는 용어는 원래 고유섭(高裕燮, 1905~1944) 선생이 흰색의 분장토를 입힌 회청색의 사기라는 의미로 1941년에 '분장회청사기(粉粧灰靑沙器)'라고 처음 명명하였고, 이후 국립박물관과 도자사학자들이 분청사기로 줄여서 사용하고 있다.

청사기, 15세기 후반경에
제작된 박지剝地 분청사
기, 선각線刻 분청사기, 그
리고 철화鐵畵 분청사기
가 있고, 16세기 전반에
는 귀얄 분청사기와 덤벙
분청사기가 있다.[2]

분청사기는 각 지방의
도공들이 자기들만의 방
식으로 다양하고 자유롭

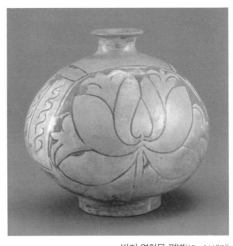

박지 연화문 편병(15~16세기)

게 만들어냈다. 분청사기는 회색의 기본 흙에 백토로 분장을 하고, 회
청색 유약을 입힌 사기이다. 따라서 백색과 조화를 이룬 회색의 기본
흙과 맑고 투명한 회청색의 유약이 어우러져 은은한 빛깔이 난다. 분
청사기는 청자에 그 기원을 두고 있어서 초기의 분청사기는 태토와 유
약이 말기 청자와 같고, 고려청자의 부드러운 선의 흐름이 외형에 잘
남아 있으나, 좀 더 풍만해지고 익살스러운 모양을 갖게 되었으며, 문
양은 사실적 문양을 대담하게 생략하고 단순화시켜 재구성하였다. 이
와 같은 분청사기는 한국 특유의 자유스러움이 잘 나타난 도자기로서
오늘날에도 그 독창성과 다양성이 인정받고 있다.

---

2 분청사기의 종류는 장식기법에 따라 구분하며, 백토니를 시문하는 방법에 따라 상감분청과 분장
분청으로 나눈다. 상감분청으로는 고려 상감청자의 기법을 계승한 것으로서 태토 위에 음각으로
상감한 것을 상감분청(象嵌粉靑)이라 하고, 압인(押印)으로 상감한 것을 인화분청(印花粉靑)이라한
다. 분장분청으로는 기명(器皿)에 백토를 귀얄붓으로 분장한 다음 백토를 선으로 긁어내고 태토
를 드러내면 조화분청(彫花粉靑), 면으로 긁어내면 박지분청(剝地粉靑), 분장한 뒤에 철화(鐵畵)를
하면 철화분청(鐵畵粉靑)이라 한다. 그리고 백토만 귀얄 붓으로 발라서 붓자국이 남는 것을 귀얄
분청, 백토를 물에 풀어 그릇을 담가 백토를 씌우는 것을 덤벙분청이라 한다.

철화 연지어도문 장군(16세기)

그리하여 20세기 최고의 도예가인 영국의 버나드 리치Bernard Leach (1887~1979)는 한국의 분청사기가 가지고 있는 대범함과 활달함, 회화적 특성과 자유분방함, 강렬한 추상성 등을 보고 "20세기 현대 도예가 나아갈 길은 조선시대 분청사기가 다했다. 우리는 그것을 목표로 해서 나아가야 한다"고 찬탄하였다.

4. 백자白磁

백자는 분청사기와 달리 태토 속에 있는 철분鐵分을 완전히 제거한 백토白土로만 만들었다. 색깔은 함박눈이 내린 뒤 맑게 개인 다음 날, 햇살에 비친 눈처럼 포근하고 깨끗한 순백색이다. 조선 전기의 백자는 유연하고 너그러운 볼륨을 지닌 품격 높은 그릇이다. 간결하고 기품있는 그림을 청화나 철채, 진사채로 그릇의 일부에만 그려 넣어 단아한 느낌을 준다. 조선 중기 이후에는 풍만한 형태에서 준수한 모습으로 변화하고, 그림도 화려하고 활달해지는 청화백자青畵白磁가 성행하였다.

조선에서 분원을 설치하고 15세기 후반에 본격적으로 조선백자를 만들게 된다. 분원은 기본적으로 궁중에서 필요한 그릇을 제작하였지만, 양반들이 필요로 하는 생활자기와 문방구, 무덤 속에 함께 묻는 명기名器와 지석誌石 등도 만들었다.

조선백자는 시대적으로 15세기 후반에는 광주의 우산리, 번천리 가마에서 상감백자를 만들고, 16세기에는 도마리, 우산리, 관음리에서 순백자를 만들고, 17세기에는 상림리, 선동리, 신대리 가마에서 회백색의 철화백자를 만들고, 18세기에는 오향리, 금사리, 분원리 가마에서 설백색의 고전적 백자를 만들었다. 19세기엔 분원리 가마에서 유백색의 푸른빛이 감도는 부드러운 질감의 백자가 만들어졌고, 19세기 말에 이르면 질이 떨어지고 쇠퇴하게 된다.

조선백자는 한국인의 정서를 잘 드러낸 대표적인 도자기로서, 그중에서도 달항아리는 원만한 형태와 깊이있는 질감미로 많은 사람들의 사랑을 받고 있다.

영국의 버나드 리치Bernard Reach(1887~1979)는 백자 달항아리에 대해 "이 항아리를 가진 것은 마치 행복을 가득 품은 것 같다"고 찬탄하였다.

한국 고고학의 아버지인 고故 김원룡(1922~1993) 교수는 '백자 달항아리[白磁大壺]'에 대해 다음과 같이 읊었다.

백자 달항아리

백자대호(白磁大壺)

김원룡(金元龍, 1922~1993)

조선백자(朝鮮白磁)의 미(美)는
이론(理論)을 초월(超越)한 백의(白衣)의 미(美)

이것은 그저 느껴야 하며
느껴서 모르면
아예 말을 마시오

원(圓)은 둥글지 않고 면(面)은 고르지 않으나
물레 돌리다 보니 그리 되었고

바닥이 좀 뒤뚱거리나 뭘 좀 괴어놓으면
넘어지지 않을게 아니오

조선백자(朝鮮白磁)에는 허식(虛飾)이 없고
산수(山水)와 같은 자연(自然)이 있기에
보고 있으면 백운(白雲)이 날고
듣고 있으면 종달새 우오

이것은 그저 느껴야 하는
백의(白衣)의 민(民)의 생활(生活) 속에서
저도 모르게 우러나오는
고금미유(古今未有)의 한국(韓國)의 미(美)

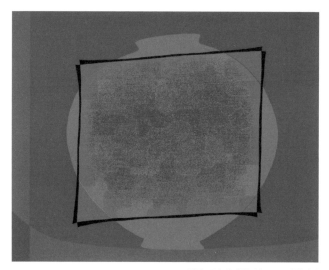

여기에 무엇 새삼스러이
이론(理論)을 캐고 미(美)를 따지오

이것은 그저 느껴야 하며
느끼지 않는다면 아예 말을 맙시다

5. 차문화와 차도구

(1) 한중일 차문화와 찻사발의 미학

중국에서 시작된 차문화는 당나라 때 동아시아의 각 나라로 확산되었고, 중국의 차문화를 수용한 동아시아의 각 나라는 저마다 특성있는 차문화를 발전시켰다. 그리고, 모든 차문화의 바탕에는 국민적 정서와

문화, 그리고 미의식 등이 내재되어 있다.

역사적으로 차茶는 약용藥用에서 식용食用, 그리고 음용飮用으로 전환되어 왔으며, 그에 따라 차문화도 시대적으로 덩이차에서 말차, 그리고 잎차로 전환되는 세 차례에 걸친 큰 변화를 겪어 왔다. 그에 따라 한중일 삼국의 차문화도 시대에 따라 변화하게 된다.

다음 표는 중국을 중심으로 살펴본 시대적 음다법飮茶法의 변천 과정을 나타낸 것이다. 시대적으로 볼 때, 한중일 삼국의 음다법은 중국을 중심으로 변화하게 되는데, 당나라 때 병차를 가루내어 솥에 끓여 마시는 자다법煮茶法이 삼국과 일본에 전해지고, 송나라 때 단차·병차·산차를 가루내어 찻잔에 넣고 차선이나 차시로 풀어 마시는 점다법點茶法이 고려와 일본으로 전해지며, 명나라 때 주원장의 산차를 다관에 넣고 우려 마시는 포다법泡茶法이 조선과 일본에 전해진다. 오늘날 중국과 한국은 산차를 다관에 넣어 우려 마시는 포다법을 주로 사용하고 있으며, 일본에서는 송나라때 전해진 가루차를 찻사발에 넣고 저어 마시는 점다법이 사용되고 있다.

시대적 음다법의 변천

시대	당(唐, 618~907)	송(宋, 960~1279)	명(明, 1368~1644) ~ 현대
음다법	자다법(병차를 가루내어 솥에 끓여 마심)	점다법(단차, 병차, 산차를 가루내 찻잔에 넣고 차선이나 차시로 풀어 마심)	포다법(산차를 다관에 넣고 우려 마심)
차의 종류	병차	단차 또는 병차, 산차	산차
다구	솥	찻잔, 차선, 차시, 다완	다관
유사점	가루차, 잔의 크기가 크다.	가루차, 잔의 크기가 크다.	잔의 크기가 작다.
차이점	소금을 넣음(육우 이후 없어짐)	어린 차싹으로 고(膏)가 없음	-
한국	통일신라(676~892)	통일신라, 고려	조선 ~ 현대
일본	헤이안(平安) 시대(794~1185)	가마쿠라(鎌倉) 시대(1192~1336) ~ 현대	무로마치(室町) 시대(1336~1573) ~ 현대

이와 같은 음다법의 변화를 바탕으로 각 나라에서는 저마다 독특한 차문화를 형성하게 된다. 한중일 삼국 차문화의 특성은 다음 표와 같다.

〈표〉 한중일 삼국의 차문화 특성비교

구분	한국	중국	일본
차 역사	2,000년/1,200년	5,000년	천수백년
차문화	다례(茶禮)	다예(茶藝)	다도(茶道)
음차법	포다법	포다법	점다법
차정신	오심지다/다도중정	중용검덕	화경청적
차의 활용	의례적	실용적	형식적
삼묘	맛(味)	향(香)	색(色)
차도구	횡파형다관, 다기세트, 찻사발	자사호, 개완	찻사발, 전차도구
주요 도자기	백자, 분청, 청자	자사호, 천목, 청화백자	분청, 천목, 라쿠
주요 다서	다부, 동다송	다경	남방록

먼저 한국 차문화의 기본적인 특성은 무엇일까? 한중일의 차문화를 가르는 표현 중에 가장 보편적이면서도 구체적인 것이 다례茶禮(한국)와 다예茶藝(중국)·다도茶道(일본)의 구분이다.

한국에서의 '다례茶禮'는 차례로서 설날과 추석 등 명절날, 조상 생일 등의 낮에 지내는 제사로 신라나 고려시대 음다문화에서 국가의 주요 의식이나 제례 등에 차를 사용하던 것이 그 절차와 형식으로 굳어진 것으로 볼 수 있다.

중국에서의 '다예茶藝'란 숙달된 전문가들에 의한 차생활로 차를 마시면서 동작의 절도가 아름답고 예술적으로 심미감의 철학적 경지에 이름을 말한다. 중국에서 다예가 발전하게 된 계기는 다관茶館, 다루茶樓 등 중국의 차문화 공간과 관계가 깊으며, 수·당대부터 차를 파는 찻집이 있었고, 송대부터 확산돼 명·청대에 이르면 거의 모든 도시에서 찻집이 사교의 장소로 활용되었으며, 여흥으로 기술적인 측면을 강조하는 다예가 발전하게 되었다고 할 수 있다.

일본에서의 '다도茶道'는 향도香道, 서도書道, 검도劍道 등과 같이 오랜 기간 동안 다듬어져 다도 자체가 일본의 정신세계를 구체적으로 표현하는 것으로 볼 수 있다.

이와 같이 중국은 다예茶藝, 한국은 다례茶禮, 일본은 다도茶道라고 나타냈지만, 이것은 각 나라의 차문화 현상을 드러낸 것일 뿐 그 자체가 차문화 전부를 대변한다고 할 수는 없다.

잘 알다시피 중국 차문화의 역사는 중국의 역사만큼이나 오래되어 다양하고, 그 뿌리 또한 깊다. 기원전부터 민간에 음다풍속이 성행하였으며, 열악한 수질과 기름진 식사를 보완하여 왔기 때문에 차 마시는 것이 중국인들의 일상생활이 되었다. 차와 같이하는 식생활은 자연히 유교, 불교, 도교 등의 영향을 골고루 받아 종교적 성향을 반영하여 실용적인 '중용검덕中庸儉德'의 차정신을 형성하였고, 여가문화餘暇文化로 생활화 되었다. 일본 다도의 정신세계는 '화경청적和敬淸寂'과 '이치고 이치에[一期一會]', 그리고 '와비[侘]' 정신 등이 일본의 차정신이라고 할 수 있다.

한국차韓國茶의 정신精神은 단군신화에 나타난 인간 세상을 널리 이롭게 한다는 '홍익인간弘益人間'과 고대 성인들과 선인들에 차를 올리는 '봉차정신奉茶精神', 차는 자연이라는 '다법자연茶法自然'의 정신을 바탕으로 기술적 측면에서의 다도라는 것은 중정을 잃지 않는 '다도중정茶道中正'과 물질적 차를 마시고 정신적 차로 승화되어야 한다는 정신적 측면에서의 '오심지다吾心之茶'라는 양대 축을 중심으로 전개된다. 그런 의미에서 다도중정茶道中正과 오심지다吾心之茶는 결국 차는 자연이고, 마음의 차[心茶]라는 다법자연茶法自然으로 확장되고 귀결된다고 볼 수 있다.

이처럼 한중일 삼국의 차문화는 중국은 기技와 예藝, 우리나라는 심心과 예禮, 일본은 형形과 식式 등으로 나타나지만, 다심일여茶心一如, 다선일미茶禪一味와 같이 차를 마시며 구도적인 정신세계를 지향하고자 하였다는 점에서는 같다고 볼 수가 있다.

그리고 차문화에 대한 활용도 측면에서 볼 때 일본은 형식적이고, 중국은 실용적이고 현실적이며 생활화되었고, 한국은 조용하고 순박한 정신을 가진 가운데 의례적이라고 할 수가 있다.

또한 차에 대한 선호도도 중국은 향香, 일본은 색色, 한국은 맛[味]을 선호하는 것으로 나타나고 있다.

(2) 차문화와 차도구

차문화와 차도구의 상관성은 매우 밀접하며, 차도구에 대한 차이점을 살펴보면 다음과 같다. 먼저 동양 삼국에 대한 차문화의 성격은 육우에 의해 최초의 통일된 음차법飮茶法이 정리되었고, 선가禪家의 수행체계와 연관된 다도茶道가 형성된 당나라 때에 구체화되었으며, 차도구의 발달과 관련해서도 ① 식기食器와 주기酒器의 구분없이 사용되었던 찻그릇으로부터 차를 위한 전문적인 찻그릇이 만들어졌고, ② 차문화 형성 초기 금·은·옥 등 귀금속으로 만들어진 찻그릇을 사용했으나, 당대에 도자기로 만든 찻그릇을 사용하기 시작하였고, ③ 찻그릇에 관한 심미적 평가가 이루어졌다. 육우는 『다경』 권4 「차의 그릇[四之器]」, 즉 다기에 대한 서술에서 "월주요의 자기는 푸르러서 차의 색깔을 푸르게 하고, 차의 색을 북돋는다"고 함으로써 이후 찻그릇과 관련한 심미적 판단의 기준을 세웠다.

오늘날 중국에서는 명明·청淸대부터 행해진 포다법에 의해 자사호紫

沙壺라 불리는 차호茶壺와 배杯라고 불리는 지름 3cm 정도의 두께가 얇은 잔을 쓴다. 한국의 찻잔과 다른 점은 폭이 좁고 길다는 것이다. 이는 향을 중심으로 차를 마시는 중국의 음다풍습에 따른 선택이라고 할 수 있다.

한국은 잎차를 우려 마시는 포다법泡茶法을 사용하며, 최근 다양한 다관 등을 사용하지만, 주로 횡파형(옆손잡이) 다관茶罐과 찻잔을 이용하며, 최근에는 자사호 등의 영향으로 후파형(뒷손잡이) 다관 등이 이용되고 있다. 일본의 말차抹茶는 에이사이[營西, 1141~1215] 선사가 송宋나라로부터 전한 점다법點茶法을 사용한다. 따라서 당·송 대부터 전해오는 다완茶碗을 그대로 사용하고 있으며, 다완과 함께 점다용 병瓶, 차호茶壺 차솔[茶筅], 찻숟갈[茶匙]이 필요하다. 이를 보면 한중일 차도구의 특성은 각 나라가 선택한 주요한 음다법과 관계가 있음을 알 수가 있다.

이와 같이 한중일 삼국 차인들의 차정신과 차도구의 미학은 다르다.

야나기 무네요시는 동양 삼국의 도자기를 비교해서 다음과 같이 말했다. "조형의 3요소를 형태[形]·색色·선線이라고 할 때, 중국 도자기는 형태, 일본 도자기는 색채, 한국도자기는 선에서 그 특징을 찾을 수 있다." 그러면서 "중국 도자기는 형태의 완벽성과 위엄, 일본 도자기는 색채의 화사함과 장식성이 그 특징이고, 한국 도자기는 선의 유연하고 부드러운 맛에 그 특징이 있다"고 하였다.

김원용은 중국 도자가 장대하고 완벽하게 잘 차린 경극의 연극배우 같다면, 일본 도자는 화려하게 꾸민 기생과 같고, 한국 도자는 수수하게 차린 가정주부와 같다고 하였다.

결국 중국 도자의 다양하고 완벽한 모습, 일본 도자의 화려한 색깔로 꾸민 모습, 한국 도자의 수수하고 소박한 모습이 그 주요 특징임을 말하고 있다.

새로운 도자기 문화의 창출을 바래며

1. 머리말

우리가 맞이하고 있는 21세기는 변화와 새로운 모색의 시기이기도 하다. 한국 도자기의 경우에도 청자와 분청, 그리고, 백자로 이어지는 새로운 도자기 문화가 태동되어야 하는 중요한 시점이기도 하다.

지난 수 년간 도자기를 좋아하여 화랑과 도요지를 찾아 다니면서, 그리고 생활속에서 도자기를 직접 사용하면서 감상하고 느낀 점들을 도자의 역사, 문화, 인생, 명품론이라는 관점에서 새로운 도자기 문화가 창출되기를 바라며 간단히 이야기하고자 한다.

2. 도자기 역사론

우리나라 도자기의 발달과정은 잘 알다시피 토기로 시작되어 12세기 고려청자, 15세기 분청사기, 그리고 18세기 백자의 발달 과정을 거쳐왔다.

각 시기는 나름대로 그 시대의 역사적 배경을 간직하고 있으며, 전체적인 흐름으로 볼 때 300년의 주기를 갖고 있는 것으로 나타나고 있다.

그런 의미에서 12세기 고려청자, 15세기 분청사기, 18세기 백자, 그리고 21세기 새로운 도자라는 큰 물결을 우리는 마주하고 있다는 사실이다.

이러한 배경에는 12세기 고려의 안정기에 발생된 청자가 고려비색과 상감기법이라는 독특한 세계를 지향하여 특성화하였고, 여말선초로 이어지는 과도기에는 분청사기가 나타나 특유의 다양성과 자유분방함을 잘 표출시켜 조선초의 성장기인 세종조에 그 정점을 이루었고, 임진왜란 이후 문예부흥기라 할 수 있는 영·정조의 시대적 배경을 바탕으로 백자라는 결정체가 태동되었다는 점이다.

그러다가 조선말 외세의 침입과 일제시대의 암흑기를 거쳐 전통도자의 복원과 부흥이 시도되고, 현대도자도 자리잡게 된다. 그러한 과정에서 도자의 저변이 확대되고, 일부 의식있는 젊은 도예가들의 노력이 시작되고 있다는 점에서 21세기를 맞는 현 시점은 중요한 과정기에 있다고 판단된다. 앞에서 살펴본 역사적 발전 추세를 우리는 거부할 수 없다는 점에서 다시금 도예인들의 노력에 의하여 이 시대의 도자기 문화가 새롭게 꽃 피우기를 고대하게 된다.

청자상감운학문매병(靑瓷象嵌雲鶴文梅甁)
고려시대(12세기 중엽)
국보 제68호
높이 42.1cm, 몸통지름 24.5cm
간송미술관 소장

3. 도자기 문화론

21세기 도자는 새로운 도자기 문화의 배경 하에서 태동된다고 볼 수 있다. 새로운 도자기가 나오기 위해서는 도자기를 생산할 수 있는 시대적 분위기가 잉태되어 있어야 한다.

그런 의미에서 도예가뿐만이 아니라 도자를 사랑하는 사람들은 이 시대의 도자기 문화를 만들기 위해서 노력하여야 한다.

오늘의 현실에서 새로운 도자기 문화는 생활속의 용기에서부터 전시작품에 이르기까지 다양하게 적용될 수 있다.

그러나, 그중에서도 일반인들의 식생활에 적용될 수 있는 반상기 등 생활용기와 차를 마시는 그릇으로서의 다기류는 가장 큰 배경문화가 될 수 있다.

전통적으로 음식문화와 관련된 도자기 문화의 발달은 그 연원이 깊고 넓은 편이다.

오늘의 현실에서도 도자기 문화의 기저로서 식생활문화에의 적용은 필연적인 일로 생각된다. 그러나 산업도자기와 관련하여 아직도 가내수공업 수준으로 영세한 전체 대다수의 도요지 현황은 독창적인 디자인과 완성도가 요구되고 있다.

이와 함께 선험적인 도예가의 성공을 답습하는 단순한 모방으로 인한 가격의 파괴와 혼란, 서로에 대한 비난과 질시 등은 시급히 개선되어야 할 현안 중의 하나이다.

가내수공업의 장점을 잘 살리는 독특한 방향으로의 특성화는 절체절명의 과제이며, 각 도예가들의 개인적 완성도와 연결되므로 도예가의 노력과 일반 소비자들의 안목과 의식이 요구된다.

최근에는 녹차 등 엽차류와 보이차 등 중국차류, 그리고 말차와 홍차 등으로 차문화가 다양하게 변화하고 있다. 이러한 차문화의 변화는 시대적인 다양성을 받아들이려는 현실적인 노력이기도 하지만, 도자기 문화의 발달을 위해서는 매우 시의적절한 상황이라고 판단된다.

역사적인 과정을 통해서 보면 차문화의 발달과 도자기 문화의 발달은 그 궤적을 같이 하여 왔다. 안목 있는 차인들에 의한 새로운 도자기의 요구는 도자기 발달에 중추적인 역할을 담당하여 왔다.

그런 의미에서 최근 일고 있는 차문화의 다양한 시도와 변화는 시대적인 도자기 문화의 창출을 위한 기저 문화로서 중요한 역할을 담당할 수

분청사기박지연어문 편병(粉靑沙器剝地蓮魚文扁甁)
조선시대(15세기), 국보 179호
높이 22.7, 잎지름 4.8, 밑지름 8.4
호림미술관 소장

있다고 판단되므로 의식있는 차인들과 도예가들의 만남과 대화를 통하여
새로운 차문화와 도자기 문화가 정립되기를 기대하게 된다.

4. 도자기 인생론

도예가가 같은 흙과 유약으로 같은 가마에서 구웠어도 나오는 도자기
는 같은 것이 없다. 같은 부모가 낳은 자식들이 똑같은 자식이 없듯이 말
이다.

흙의 정령이라 부를 수 있는 이러한 독특함은 우리의 인생에서도 중요
한 사실을 확인하게 하여 준다. 도자기와 우리 인간들의 삶의 모습과 과정
이 비슷하다는 사실을 말이다.

그런 의미에서 가만히 보면 도자기는 우리네 인생과 같다. 우리의 삶도
그러하지만, 우리의 사회생활 등 인간관계는 서로 좋은 관계를 유지하려
면 깨어지지 말아야 한다.

인간 사이의 진정한 만남은 이해와 삼가함으로써 달성될 수 있듯이 도자기도 그러하다는 것이다.

이 시대의 도예가들이 심혈을 기울여 만든 작품들은 결국 수백 년이 지나 온전하게 보존되면 또 다른 명품으로서 후세 사람들에게 21세기의 시대문화로서 남겨질 것이다.

흙이라는 무기물로 만든 것이기에 깨지지 않는 한 영원히 존재할 수 있다.

또한 그동안 도자기를 공부하면서 그리고 즐기면서 느끼게 되는 것은 요즘과 같이 흙을 밟고 살지 못하는 시대에 흙으로 만든 도자기를 통해서나마 자연(自然)을 접하고, 흙의 자연스런 마음을 닮음으로써 사람들의 심성(心性)이 정화될 수 있다고 생각된다.

그래서 주위 사람들에게 늘 도자기 인생론을 이야기한다.

어느 도자기일지라도 깨지지 않게 조심하여 평생을 쓰고 물려주면 그것은 명품(名品)이 될 것이고, 깨지면 그냥 흙덩어리로 이루어진 파편 조각에 지나지 않는다고 말이다.

우리네의 인생도, 사회의 관계도 그러하다는 관점에서 우리는 도자기를 통하여 인생의 참맛을 배우게 된다.

백자 달항아리
조선시대(18세기 전반)
높이 42.5cm
개인 소장

5. 도자기 명품론

도자기의 수준에 대해서 얘기하면서 생각나는 말은 옛 달마(達磨) 스님의 선(禪) 이야기이다.

달마 스님이 말년에 제자들을 불러놓고 각자의 경지를 드러내라고 하였다.

이어진 제자들의 말에 달마 스님은

"너는 나의 가죽을 얻었다."

"너는 나의 살을 얻었다."

"너는 나의 골수를 얻었다." 등으로 평하고

마지막으로 혜가스님에게는 "너는 나의 마음을 얻었다."

고 하였다는 이야기이다.

이와 같이 도자기도 특히 전통 도자기의 재현이라는 측면에서 대부분이 몸통만을 갖고 재현했다고 자랑하고 있는 현실인 것 같다. 또한 현대 도자기의 경우에도 선도 예술가의 작품을 추종하고 있다.

결국은 제 몸통도 못 만들고 있거나, 몸통만을 만들어 놓고 자만하고 있는 실정이 많다는 사실이다.

그 단계를 넘어서 몸통을 녹여 제 뼈대로 만들어 자신만의 독자적인 세계를 구축하는 사람은 드문 것 같다.

더욱 그것을 넘어 자기의 마음을 담은, 혼(魂)을 담은 진품(眞品)을 만드는 사람은 없는 것 같다는 점이다.

그런 의미에서 본다면 오늘날 한국 도자기의 현실은 정체되어 있다.

현대 도자기는 윤광조와 신상호 선생의 그늘에서, 전통 도자기는 전통의 재현이라는 굴레에서 벗어나지 못하고 있다는 점이다.

모방과 재현을 통한 새로운 도자기 문화의 창출이 이제는 단순히 전통이라는 수레바퀴에서 머무를 것이 아니라 이 시대의 그릇을 만든다는 것은 이 시대의 도자기 문화를 창출하고 있다는 사명감과 책임의식이 있어야 한다는 점이다.

그러기에 단순한 전통의 재현과 답습이 아니라 전통이라는 몸통을 체득하여야 하고, 자기 세계를 온전히 드러내야 하며, 자기의 마음이 드러나는 혼(魂)이 담긴 작품을 만들어야 한다.

마지막으로 아직도 알려지지 않은 도예가들은 밤낮으로 새로운 흙과 유약, 그리고 형태와 질감을 찾아 고민하고 있다.

그렇지만 아직도 기본적인 면에서 프로로서의 정신이 많이 부족한 것으로 나타나고 있다. 도예가라면 현대 도자기건 전통 도자기건 하루 8시간 이상의 작업시간을 통하여 부단한 평생에 걸친 노력이 수반되어야 한다. 그리하여 그러한 결과물들을 모아 최소한 1∼2년에 한 번씩은 전시회를 개최하여 평가를 받아야 한다.

그렇지 못하다는 것은 현실의 문제만이 아니라 엄밀하게 보면 자기만족의 늪에 빠져 자만하고 있거나, 자기 세계에 갇혀서 스스로의 발전을 가로막고 있다는 사실이다.

자기 자신뿐만이 아니라 시대문화의 창출을 위하여 도예가로서의 전문성이 요구되는 시대이고, 부단한 정진과 발전을 통해 단순한 몸통만이 아니라 그 깊은 곳의 뼈대와 스스로의 마음인 혼(魂)을 드러내는 명품(名品)이 나오기를 기대하게 된다.

윤광조 작 '율(律)'
32×32×42cm
1988
개인 소장

6. 맺는 말

전체적인 관점에서 도자기에 대한 역사적인 발전 과정을 고찰해볼 때, 이제는 새로운 도자기 문화가 태동될 시점이라고 판단된다. 그런 관점에서 도자기에 관한 역사, 문화, 인생, 명품론의 관점에서 살펴보았다. 이제 우리 모두는 시대문화를 이끌어 가고 있다는 자부심과 사명감을 가지고 노력하여야 할 때이다.

안목과 의식이 있는 도자기 관련인들에 의하여 12세기 고려청자, 15세기 분청사기, 18세기 백자, 그리고 21세기 새로운 도자기 문화가 태동되기를 기대하며 이 글을 마무리하고자 한다.

참고문헌

1. 유홍준·윤용이, 알기 쉬운 한국 도자사, 학고재, 2001
2. 호암미술관, 한국의 미, 그 현대적 변용, 1994

연구과제

1. 우리나라 도자기의 역사와 특성

2. 토기의 역사와 특성

3. 청자의 역사와 특성

4. 분청의 역사와 특성

5. 백자의 역사와 특성

6. 분청사기의 종류와 특성

7. 고려비색

8. 백자 달항아리

9. 우리나라 도자 차도구의 종류와 특성

10. 21세기 한국 도자기의 특성

11. 한중일의 차문화

12. 한중일의 음다법과 차도구

13. 한중일 차도구의 미학

14. 한국의 차문화와 차정신

15. 한중일 차문화와 차정신

16. 21세기 한국 차도구와 차문화

제3장

차도구의 감상과 선택

제3장

차도구의 감상과 선택

차도구茶道具의 감상과 선택은 기본적으로 같은 일이다. 좋은 차도구의 선택을 위해서는 올바른 감상과 그 기준이 명확해야 하기 때문이다.

그런 면에서 차를 마시기 위한 좋은 차도구의 감상과 선택은 매우 중요한 일이다. 그러나 미학적으로나 개인적인 선호에 따라서 차도구에 대한 선택의 폭은 다양하고, 주관적일 수가 있다. 내가 택한 기준이 절대적일 수는 없기 때문이다. 다만 차도구로서 가져야 할 기능성機能性과 작품성作品性의 측면에서 몇 가지 선택의 기준基準을 제시할 수는 있다.

기본적으로 차도구를 선택할 경우 차를 마시기 적당하고, 조형적으로 아름다워야 한다. 즉, 차를 마시기 위해 기본적으로 기능적인 측면에서 사용하기에 적절해야 하고, 겉으로 보기에도 아름다워야 한다.

보다 구체적으로 차도구의 감상과 선택 시 다관과 찻사발, 그리고

청자 철채 목단문 주전자

찻잔 등의 모든 차도구는 외적으로 형태形態와 질감質感 등이 잘 어울려야 한다. 그리고 형태면에서 전체적인 균형均衡과 조화調和가 있어야 한다. 질감면에서는 태토와 유약이 만들어내는 깊이있는 그으함, 즉 깊은 맛이 있어야 한다. 차도구는 또한 일반 예술품과는 달리 생활에서 사용하는 생활용기이므로 실용적인 기능성이 확보되어야 하며, 그 바탕 위에서 조형적으로 드러나는 아름다움뿐만이 아니라 깊이 있는 질감이 같이 어우러져 드러나는 종합적인 아름다움이 있어야 한다.

이와 같이 올바른 차도구를 감상하고 선택하기 위해서는 다음과 같은 준비가 필요하다.

1. 차도구 감상을 위한 기본조건

(1) 꾸준히 관심을 갖고 공부해야 한다

차도구茶道具에 대한 호기심과 관심이 우리들을 무한한 세계로 인도하게 된다. 그러므로 차도구를 제대로 감상하기 위해서는 우선 지속적인 관심과 노력이 필요하다. 한두 번의 일회성 관심으로는 절대 완성도 높은 안목을 만들어낼 수가 없다. 차인 스스로가 자기 차도구에 대한 전문적인 안목을 갖는다는 것은 저절로 얻어지는 일이 아니기 때문이다. 적어도 한 분야에 걸친 부단한 관심과 노력으로 우리 모두의 안목眼目이 높아지면, 그것은 곧 시대時代의 안목이 높아지는 것이고, 그만큼 시대의 문화文化가 향상되는 것이다.

많은 차인들이 작업장을 방문할 경우 스스로 자신이 원하는 차도구를 구하기보다는 차선생이나 작가에게 의뢰하는 경우가 많다. 현실적

조선 덤벙(분인) 찻사발

으로 보면 가격이 비싼 것이 좋은 것이지만, 가능하다면 스스로의 안목과 식견을 높여서 자신의 마음에 드는 작품作品을 선정할 줄 알아야 한다. 그러기 위해서는 항시 차도구에 대해 관심을 갖고 부단히 공부해야 한다.

(2) 좋은 작품을 많이 봐야 한다

아름다운 차도구의 세계를 보기 위해서는 우선 차도구 전문점이나 차도구 전시회를 즐겨 찾아다니면서 옛 명품名品이나 차도구 대가나 중진작가들의 대표 작품作品들을 잘 살펴보는 것이 중요하다. 좋은 작품을 많이 볼수록 안목은 높아진다. 그리고 차도구의 기능을 살펴보고자 한다면 자신이 스스로의 차도구를 사용하며 확인해볼 필요성이 있다. 또한 차도구의 형태形態에 대한 감각을 높이고자 한다면 전통적 형태와 선線을 확인하기 위하여 토기류와 고려청자, 분청사기, 백자 등을 많이 보아야 한다. 요즘에는 웬만한 국립박물관이나 사립박물관에는 각 지역의 대표작들이 잘 전시되어 있고, 관련 책 자료도 많이 나와 있다. 그리고 주위의 애호가나 차인들도 수십 점에서 수백 점에 이르는 소장품을 가지고 있는 사람들도 많으므로 기회가 있을 때마다 유심히 살펴보고 스스로 정리해 가야 한다.

(3) 좋은 작가를 만나야 한다

차도구에 대한 관심이 있다면 정기적으로나 비정기적으로라도 차도구 전문 도예가陶藝家들을 직접 찾아가 볼 필요성이 있다. 이왕이면 단순히 구경만 하겠다는 것이 아니라, 차도구에 대해서 보다 전문적으로 배울 자세가 있어야 하고, 특히 작가作家와의 만남을 통하여 작가의 작업태도作業態度와 정신精神을 살펴볼 필요성이 있다. 어떤 차도구가 만

들어지기까지는 단순히 흙과 불을 이용하여 차도구로 만들어지는 것
만이 아니라, 작가와의 인간적인 만남과 교류를 통해 새롭게 탄생하는
것이기 때문이다. 좋은 차인茶人과 도예가陶藝家의 만남은 그 자체로 축
복과 희망이 될 수 있고, 기쁨이 될 수 있다. 서로 한 시대를 살며 시대
를 공유共有하고 이끌어 가고자 하는 차인과 도예가의 발전적인 관계
는 한 시대문화時代文化를 만들어 갈 수가 있기 때문이다.

(4) 공유하며 시대문화를 창출해 가야 한다

지금 이 시대時代를 같이하는 차인과 도예가는 좋은 벗이기도 하고,
차茶를 통해 만나 같은 길을 가는 도반道伴이기도 하다. 그러므로 차인
과 도예가들이 서로 같이하며, 도와주는 상생相生의 관계가 된다면, 그
것이 곧 시대를 공유하며 이끌어가는 큰 힘이 될 수가 있다. 또한 이

고려청자 음각화훼문탁잔

시대의 차문화를 공유하며 이 시대문화를 정립하고 창출하는 주인공이기도 하기에, 서로 격려하며 이끌어가야 한다. 이 시대의 차문화는 분명 지금 차를 즐기는 차인과 차도구를 만드는 도예가에 의해 형성되어 간다는 소명의식을 가지고, 서로 존중하며, 이 시대의 아름다운 차문화茶文化를 창출시켜 나가도록 노력해 가야 한다.

2. 차도구의 선정기준

차도구의 선정 시 중요한 것은 우선 차 마시기 위한 도구이므로 기능機能상으로 사용하기에 편리해야 하고, 외적外的으로 보이는 형태와 질감이 좋아야 하고, 내적內的으로 기운과 정신이 살아 있어야 한다. 구체적인 내용은 다음과 같다.

(1) 차도구의 기능성

차도구는 실제 생활에 사용하는 용기用器이므로 우선은 차 마시기에 적당해야 한다. 이 점에서 기본적으로 쉽게 사용할 수 있어야 하고, 각 나라의 차문화와 행다례 등에 적합해야 한다. 사실 행사용 다례 등을 위한 것도 중요하지만, 우선은 생활속에서 누구나 쉽게 사용할 수 있도록 적절한 형태와 기능이 잘 구비되어 있어야 한다. 일부 차도구의 경우 형태는 매우 아름답지만 기능적으로 볼 때 사용하기가 불편한 경우가 있다. 이런 경우 자주 사용하지 않거나, 장식장 안에만 있을 수밖에 없다. 그리고 이와 같은 기능성은 차도구를 만드는 도예가들이 기본적으로 잘 만들어야 할 일이지, 사용하는 차인들이 맞추어가야 하는 것은 아니다.

다관(茶罐)의 삼평(3平)

 일반적으로 차도구의 기능성은 다관茶罐의 경우 3수水 3평平[1]을 유지하는 것이 좋다.

 그리고 찻사발의 경우에는 말차를 격불하고 마시기 적당하도록 충분한 차 공간과 찻사발로서의 품격品格이 확보되어야 하며, 찻물이 자연스럽고 부드럽게 흘러나오는 것이 좋다.

 물론 3수 3평 등이 절대적인 기준은 아니다. 일부 작품의 경우 다소간의 불균형적인 측면이 있다 하더라도 그 밖의 기능과 형태가 훌륭하다면 그 자체로 좋을 수도 있기 때문이다.

 우리나라 다관茶罐 가운데 분청 등의 경우에는 소지의 특성상 완벽한 금수禁水를 기대하기는 어려우나, 출수出水와 절수絶水는 조금만 관

---

1 3수란 찻물이 잘 나오는 출수(出水), 물대의 물이 흐르지 않고 잘 끊어지는 절수(絶水), 뚜껑 부분의 공기구멍을 막으면 물이 떨어지지 않는 금수(禁水)를 이야기하고, 3평은 물대와 몸통 윗부분, 그리고 손잡이의 높이가 같아서 물이 넘치지 않는 것을 말한다.

심을 가지면 잘 마무리할 수 있다. 그러므로 기능적인 측면에서 다관의 출수와 절수가 좋지 않은 것은 바람직하지 않다. 다관의 출수문제는 몸통 안의 적절하고 균일한 크기의 물구멍과 뚜껑 부분의 공기구멍 등이 잘 조화로워야 적당한 양의 물이 시원하게 나올 수 있기 때문에 중요하다.

(2) 차도구의 형태미

기본적으로 좋은 차도구는 외형상으로 각 차도구의 구성 부분이 적절하게 균형均衡이 잡히고 조화調和로워야 한다. 다관이건 사발이건, 아니면 찻잔이건 간에 각 부분이 잘 어울리고, 전체적으로도 잘 균형잡힌 것이 좋다.

다관茶罐의 경우 몸통과 물대, 손잡이, 뚜껑, 받침 부분의 각 주요 부분이 적절하게 균형과 비례가 잘 잡혀 있어야 하고, 전체적으로 조화로워야 한다. 특히 몸통과 물대, 그리고 손잡이 등의 주요 부분에 대한 균형감과 비례가 적절한 것이 좋다. 몸통에 비해 물대나 손잡이가 너무 크거나 작을 경우에는 전체적인 비례가 맞지 않아서 균형감을 상실하게 되고 조화롭지 않게 된다.

찻사발茶沙鉢의 경우에도 몸통과 굽, 그리고 몸통의 높이와 사발의 전 부분이 적절한 균형과 비례가 조화로워야 한다. 차도구에서 중요한 것은 전체적으로는 균형과 조화지만, 부분적으로 보면 각 부분의 세부처리details 또한 잘 마무리되어야 한다. 전체적으로는 좋아 보여도 부분적으로 몇 퍼센트(%)라도 부족한 것은 전체적인 균형감과 조화에도 지장을 줄 수가 있기 때문이다. 그러므로 전체적으로 조화로우면서도 각 부분의 미세한 처리와 끝마무리가 잘된 것이 좋다.

또한 차도구의 형태에서 중요한 것은 각 도예가 스스로 자신만의 독특한 형태를 만들어 가야 한다. 그리고 무엇보다 중요한 것은 일차적으로는 형태 각 부분의 균형미이지만, 그와 함께 중요한 것은 각 형태

다관의 형태미(形態美)

다관의 형태미(김해요 무유다관)　　　찻사발의 형태미(주흘요 녹황유사발)

속에 드러나는 선線의 아름다움과 기운을 잘 살려가야 한다. 그런 측면에서 차인들은 살아있는 선線을 볼 줄 알아야 하고, 도예가는 기운이 깃든 선線과 형태形態을 만들어 가야 한다. 스스로 자연스러우면서도 조화로운, 그런 살아있는 선線을 만들어 가야 한다.

(3) 차도구의 질감

도자로 만든 차도구는 종류에 따라 독특한 질감이 있어야 한다. 특히 전통도예의 경우 형태보다 질감의 완성도와 깊이감이 중요하다. 태토와 유약, 그리고 불의 만남으로 빚어지는 완성도 높은 질감이 있어야 한다.

조선시대 명품 중의 하나인 백자 달항아리의 질감은 단순한 맑고 투명한 빛이 아니라, 달빛이 물 위에 비추듯 푸근하고 깊이 있는 그윽한 빛이다. 그와 같은 깊이감 있는 질감을 만들어 내야 한다. 태토와 유약, 그리고 불이 만들어내는 도자기의 질감은 무엇보다 맑고 그윽한 맛과 멋이 있어야 한다. 옥玉을 만들고자 하는 노력으로 도자기의 개발이 진행되었듯이 도자로 만든 차도구는 푸른 옥玉 같은 깊이 있는 맛이 있어야 한다.

그리고 도자기의 자화도磁化度와 관련하여 요즘 많은 사람들이 맹목적으로 외적으로 보이는 아름다움만을 추구하는 경향이 높은 것 같다. 그렇다 보니 자화가 제대로 안 된 설익은 도자기가 좋은 것으로 착각하는 경우가 많다. 몇 번 사용하지 않아도 쉽게 차심이 드는 도자기는 좋은 것이 아니다. 제대로 익은 과일이 맛있듯이 도자기로 만든 차도구도 가능하면 제대로 익은 것, 즉 잘 자화磁化된 것이 좋다.

백자 달항아리(구본창 사진)

(4) 차도구의 작품성

차도구의 작품성은 기본적으로 외적인 멋과 아름다움이 있어야 한다. 또한 기본적으로 기능성이 확보되었다면, 각 형태와 질감, 그리고 기운이 잘 어우러지는 것이 좋다. 그런 측면에서 작품성이란 누구든 개인적인 기호에 따라 아름다움에 대한 판단은 다를 수가 있지만, 기본적으로 여러 면에서 종합적으로 좋은 것이 좋은 것이다. 각 개인의 주관성과 다양성도 중요하지만, 우선은 차도구가 가지고 있는 기능성이 기본적으로 확보되어야 하고, 형태면에서의 조화와 균형이 있고, 질감면에서 깊이있는 그윽함이 있다면, 그 자체로 전체적인 면에서 좋은 차도구라고 볼 수 있기 때문이다.

(5) 차도구의 멋과 맛에 대한 이해

도자로 만든 차도구는 흙 맛, 손 맛, 불 맛, 차 맛이 잘 어우러져야 한다. 좋은 흙으로 훌륭한 도예가의 손에 의해 만들어진 찻그릇들은 가마에서 불과의 적절한 만남을 통하여 세상에 새로운 생명체로 탄생된다. 세상에 나온 차도구는 차인들의 손에 의해 차를 만나면서 제2의 삶을 살아가게 된다. 그런 면에서 진정한 차도구는 자연과 도예가, 그리고 차인들이 삼위일체가 되어야 훌륭한 차도구로 완성된다.

흙과 불이라는 자연의 손길, 도예가의 장인정신과 기술, 차인들의 정성어린 손길로 차도구는 완성되어 가는 것이다. 그러므로 제대로 된 차도구는 완성 후의 모습을 생각하고 잘 선택해서 만들어야 한다. 그런 측면에서 차심이 금방 드는 설익은 차도구보다는 가능하면 자화가 제대로 된 차도구를 구하는 것이 바람직하다. 그 한 예로서 우리가 잘 아는 기자에몬 정호라는 옛 찻사발은 한두 번의 사용으로 멋진 차심이 든 것이 아니라, 적어도 수백 년 이상의 장기간 동안 사용된 후에 나타난 결과임을 알아야 한다.

또한 우리나라 차도구의 특성을 잘 알아야 한다. 우리나라 차도구의 기본적인 특성은 자연적이며 질박하다. 그러나 여기에서 말하는 자연적이라는 특성은 우리들의 질감과 미감에 관한 것이지, 기술적으로 어리숙하다거나 부족하다는 것은 결코 아니다. 옛 차도구를 보면 그 외적인 형태나 질감면에서 매우 완전하다는 사실을 알아야 한다. 단순히 겉으로만 흉내낸 것이 아니라, 적어도 한 분야에서 평생동안 일로매진한 장인들의 원숙하면서도 자연스런 손길에서 나오는 자연스러움이라는 사실을 알아야 한다.

(6) 차도구에 대한 종합평가

일반적으로 차도구를 만드는 도예가의 작품의 경우 기능과 형태는 비교적 수 년 내에 정리될 수가 있다. 그러나 형태적 완성도보다 깊이 있는 질감은 상대적으로 그 기간이 오래걸릴 수밖에 없다. 신정희 선생과 천한봉 선생 등 1세대 차도구 도예가들의 질감은 적어도 수십 년 이상의 기술적 노하우가 정리된 결과이기 때문이다. 이와 같은 형태와 질감, 그리고 기운이 하나가 되는 완성도 높은 명품은 평생의 결과물이기 때문에 하루아침에 만들어지는 것이 아니다.

서예나 회화 등 평면예술이건, 조각이나 공예 등 공간예술이건 간에 기본적으로 시작은 모방이나 재현에서 출발할 수밖에 없다. 그러나 평생 모방과 재현에만 매달리는 것은 시대적으로 봐서도 매우 잘못된 일이다. 일차적으로 차도구를 만들겠다고 한다면 우선 차를 생활화하면서 차와 차문화의 특성을 이해하고, 그 바탕에서 차도구의 기능적인 측면을 해결할 줄 알아야 한다. 그리고 옛 명품이나 선배 작가들의 작품에 대한 형태와 질감에 대한 연구를 충분히 하여 우선 기본적인 자기만의 차도구 형태와 질감을 만들어 내야 한다.

여기에서 무엇보다 중요한 것은 단순한 형태와 곡선의 흐름을 잘 살려서 살아있는 선線과 형태形態를 만들어 가야 한다. 마치 우리들이 항시 보는 우리 주위의 산하에 '봄·여름·가을·겨울'이라는 사계절의 자연스런 변화가 있듯이 변화와 생동성이 있는 형태를 만들어 가야 한다.

결론적으로 차도구에서 중요한 것은 기본적으로 사용하기 편리한 기능성機能性이 확보되어 있어야 하고, 그 바탕 위에서 조화로운 형태形態와 질감質感, 그리고 당당한 품격品格과 기운氣運이 잘 갖추어진 것이 좋다.

그런 측면에서 차도구의 감상과 선택은 우선 기능성이 제대로 되어야 하고, 외형적으로는 균형 잡힌 형태와 깊이 있는 질감이 좋아야 하고, 형태와 질감이 잘 조화되어 아름다워야 한다. 그리고 내적으로는 사람의 인품人品과 같이 차도구로서의 품격品格이 있어야 하고, 더불어 살아있는 듯한 기운氣運과 작가의 정신精神이 담겨져 있는 것이 좋다.

그러므로 차인이라면 겉으로 보이는 아름다움뿐만이 아니라 최종적으로는 작품 내면의 아름다움인 기운과 정신 등을 볼 줄 알아야 한다. 도예가의 경우에도 형태와 질감 등 기술적으로 완성된 차도구를 만들기보다는 본인의 작가정신과 의식을 담을 줄 아는 작품作品을 만들어 가야 한다.

3. 다관과 찻사발의 선택 시 주의사항

(1) 다관 선택 시 주의사항

다관茶罐을 구입하고자 할 때에는 우선 형태形態와 질감質感이 만들어

내는 아름다움—전체적인 균형감과 조화—에 대해 살펴볼 줄 알아야 한다. 무엇보다 전체가 한 눈으로, 한 몸으로 들어와야 하고, 어느 하나라도 눈에 띄면 좋지 않다. 그 다음으로 다관에 대한 기본적인 기능성機能性—3수 3평—을 살펴보는 것이 좋다. 겉으로는 좋아 보여도 실제 사용할 때 출수나 절수가 잘 안 되는 경우도 있기 때문이다. 형태와 기능면에서 우선 몸통과 물대, 손잡이의 각 부분이 전체적으로 잘 균형 잡혀 조화로운 것이 좋다. 몸통에 비해서 물대나 손잡이가 너무 큰 것은 불균형적이고, 부조화를 야기시키므로 쉽게 싫증나게 되고, 사용하기가 불편한 경우도 많다. 특히 물대가 너무 튀어 나온 것은 사용하기에도 불편하지만, 특히 손상되기가 쉬우므로 바람직하지 않다.

간혹 도예가들이 직접 차를 마시지 않고, 단순히 책을 보거나 선배들의 작품을 쉽게 모방하는 등 일부 도예가들은 고민없이 다관을 만드는 경우도 많다. 그런 다관들은 겉으로는 좋아 보이지만, 실제로는 쓰임새가 부족해서 좋지가 않다. 특히 다관을 많이 만드는 작가들도 스스로의 관행에 얽매여 자기만의 스타일을 주장하다 보니 기능상으로 부족하고, 전체적인 형태는 좋아도 각 세부부분details의 처리는 매끄럽지 않은 경우도 많다. 적어도 형태상으로나 기능상으로 완벽하고자 한다면, 각 다관의 중요 부분에 대한 처리가 말끔해야 한다. 다관에서 각 세부부분은 몸통과 물대, 손잡이, 뚜껑, 그리고 바닥 부분이다. 이 중에서도 몸통 안의 찻물이 나가는 물구멍의 처리가 적절한 크기로 동그랗고 균일하게 뚫린 것이 찻물이 시원하게 나갈 수 있다. 그리고 출수와 절수를 위해서는 물대의 각도와 크기, 그리고 끝부분의 처리가 중요하다.

또한 다관 뚜껑 부분이 몸통 부분과 잘 맞춰져야 한다. 뚜껑이 헐렁거리거나 헛도는 것은 바람직하지 않다. 마지막으로 몸통 바닥 부분의

정갈한 처리이다. 사발의 굽처럼 자기만의 다양한 모양으로 깔끔하게
마무리된 것이 좋다.

다관 선택의 기준

1. 다관(茶罐)으로서의 기능적인 측면(출수와 절수, 착지감, 다관 내부의 깔끔
   한 처리 등)을 살펴본다.

2. 전체적인 형태의 아름다움(몸통과 물대, 손잡이의 전체적인 균형과 조화)과
   질감(자연스러운 질감과 요변 등)을 살펴본다.

3. 다관 각 부분(뚜껑과 몸통 바닥 부분의 말끔한 처리, 손잡이와 물대의 자연스
   러움과 편리함 등)을 잘 살펴본다.

4. 다관으로서의 품격과 기운을 잘 살펴본다.

(2) 찻사발 선택 시 주의사항

찻사발을 구하고자 할 경우에는 기본적으로는 찻사발로서의 품격品格을 갖추었는지가 중요하다. 전통 찻사발일 경우 특히 형태별 특성이 잘 나타나야 하고 질감이 좋아야 한다.

기본적으로 형태形態와 질감質感이 잘 갖추어진 사발이 좋은 사발이다. 형태면에서는 전체적인 균형均衡과 조화調和가 중요하다. 사발 몸통 전체와 굽 부분, 그리고 사발 몸통의 높이와 전 부분의 넓이의 균형과 비례가 적절하고 조화로운 것이 좋다.

질감면에서는 설익어서 쉽게 찻물이 드는 것보다는 잘 자화되어 적어도 수 년 동안 사용해서 차심이 드는 것이 더 좋다.

사발에 대한 깊은 연구가 없는 도예가들은 옛 사발들을 직접 보고 만들기보다는 책에 나타난 사진 등을 보고 만들거나, 차를 직접 마시지 않고 제대로 생각하지 않고 사발만 만들게 되는 경우도 있다. 그러다 보니 찻사발이 가져야 할 기능적 특성과 형태적 특성에 대해 무시

조선 정호사발(시바타)

하고 만드는 경우도 나타나고 있다. 그러므로 찻사발은 우선 기능적인 측면에서 말차를 차선으로 잘 혼합시켜야 하므로, 사발 몸통 안의 차 고임 부분이 적절할 공간이 확보되어 여유로와야 하고, 찻물이 머무름 없이 잘 흘러내려야 한다.

일반적으로 찻사발의 수준은 기본적으로 전체적인 균형감과 함께, 사발의 전 부분과 굽 부분, 그리고 몸통의 선에 대한 처리 상태를 보면 쉽게 확인할 수 있다. 많은 작가들이 전 부분을 날이 서듯이 뾰족하게 만들고, 모나지 않게 둥글게 만들지 않는 등 끝마무리를 잘 하지 못하는 경우가 많다. 그리고 특히 굽 부분의 처리가 너무 굽칼을 많이 사용하거나, 너무 작위적이어서 어설픈 경우가 많다. 전통 사발일 경우 각 사발의 특성에 맞는 다양한 형태의 굽이 있으므로 수많은 연습을 통하여 몸통과 어울리는 굽을 만들 수 있도록 하여야 한다.

이와 함께 몸통 부분의 자연스러운 물레선이 드러난 것이 좋다. 물레선이 너무 강하면 작위적인 느낌과 함께 산만하게 된다. 더욱 중요한 것은 몸통의 선線을 죽이게 되므로 바람직하지 않다.

찻사발 선택의 기준

1. 찻사발[茶碗]로서의 기능적인 측면(차고임 부분의 여유로움과 내면의 부드러움 등)을 살펴본다.

2. 전체적인 형태의 아름다움(몸통과 굽의 조화, 몸통선의 처리 등 전체적인 균형과 조화)과 질감(자연스러운 질감과 요변 등)을 살펴본다.

3. 찻사발 각 부분(전 부분의 부드러움, 몸통선의 자연스러움, 차고임 부분, 굽 부분의 처리 등)을 살펴본다.

4. 찻사발로서의 품격과 기운을 살펴본다.

4. 차도구를 만드는 도예가들에게

차도구를 만드는 도예가라면 차를 즐기며, 차를 마시기 좋은 차도구를 만들어 가야 한다. 무엇보다 차도구를 전문으로 만들고자 한다면 다음과 같은 점에 주의하여 완성도 높은 차도구를 만들고자 노력하는 것이 바람직하다.

(1) 기본이 서야 한다

차도구茶道具를 만들 경우 모든 시작은 모방模倣과 복제複製에서 시작된다. 과거의 명품名品과 선배들의 작품을 바탕으로 기본적인 형태形態와 질감質感에 대한 연구를 통하여 차도구의 기본基本을 갖추어야 한다. 가능한 수 년에서 10년 내에 기본적이고 확실한 연구와 실습을 통하여 자기만의 형태形態와 질감質感을 갖도록 부단히 연구하고 고민해야 한다.

(2) 자기만의 형태를 만들어가야 한다

수 년 동안 기본적인 물레작업뿐만이 아니라 과거의 명품名品과 선배들의 작품을 보면서 다양한 선과 공간에 대한 개념을 확보한 후 자기만의 형태를 창조해 가야 한다. 많은 작가들이 오늘날 전해지는 옛 사발이나 선배들의 작품을 통해 배우기보다는 차도구 책의 사진을 보고 따라하는 경우가 많다. 요즘에는 사진 기술이 발달하여 작품사진이 잘 나타날 수 있지만, 사진이 가지고 있는 한계는 분명히 있음을 알아야 한다. 가능한 옛 찻사발들과 대가들의 찻사발들을 직접 접하고, 안될 경우에는 사금파리라도 직접 보고 작업해 가야 한다.

청자 진사 주자

(3) 자기만의 질감을 만들어 가야 한다

도자기의 태토와 유약, 그리고 불의 조화로 이루어지는 질감은 하루 아침에 이루어지는 일이 아니다. 그러므로 도예가는 흙과 유약, 그리고 불에 대한 꾸준한 연구와 실습을 통하여 자기만의 깊이있는 독특한 질감을 만들어 가야 한다.

(4) 이 시대를 대표하는 명품을 만들어 가야 한다

단순히 옛 찻사발만을 모방하거나, 외적으로 드러나는 형태形態와 질감質感만으로는 결코 이 시대를 대표하는 명품名品이 될 수 없다. 과거와 현재, 그리고 미래라는 삼세三世의 통시적인 관점에서 과거를 바탕으로 이 시대의 문화적 특성을 섭렵하고, 자신만의 특성을 담긴 이 시대의 명품名品을 만들어 가야 한다. 단순한 기술적 완성만이 아니라, 투철한 작가정신作家精神, 그리고 시대문화時代文化의 흐름속에서 태어나야 한다.

그런 바탕에서 태어난 명품은 이 시대의 유산遺産일 뿐만 아니라, 다음 시대의 유산遺産이 된다. 왜냐하면 우리가 사는 이 시대를 대표하는 유산遺産이 다음 시대의 유산이 되기 때문이다.

청자상감 국화문사발 내면

도예가나 차인이나 우리 모두 이 시대의 유산遺産을 다음 시대의 유산으로 남겨줄 책임이 있다. 그러기에 우리들은 우리시대의 유산이 무엇인지 고민해야 하고, 시대문화를 창조해 가기 위해 노력해야 한다.

5. 차도구의 미학과 안목

차도구의 아름다움은 차인이나 작가에게 모두 중요한 일이다. 제 눈에 안경이라는 말이 있지만, 차도구를 바라보는 기본적인 안목과 식견이 중요하다. 특히 차도구의 미학과 관련하여 ① 총체적 관점 ② 직관 ③ 분석력 ④ 종합적인 자기 안목이 중요하다.

(1) 총체적 관점으로 볼 줄 알아야 한다
차인이라면 자기가 사용하는 차도구에 대한 종합적인 감각이 있어야 한다. 기본적으로 전체적인 균형감과 조화를 볼 줄 알아야 한다. 그러기 위해서는 부단히 공부하면서 좋은 작품들을 많이 보고, 자신의 눈높이를 높여서 스스로의 기준을 갖고 전체적으로 판단할 수 있어야 한다.

(2) 직관이 있어야 한다
직관은 선천적인 감각이 있는 사람도 있지만, 스스로의 노력에 의해 개선될 수 있다. 아무리 감각이 느린 사람이라 할지라도 좋은 작품들을 보고 사용하면서 자기 눈높이와 안목을 높여가다 보면 스스로의 직관도 행사될 수가 있다. 그런 의미에서 많이 보고, 실제 사용하고, 접하면서 스스로의 관심을 갖고 노력하다 보면 어느 순간 높아진 스스로의 안목과 직관을 확인할 수가 있다.

(3) 분석할 줄 알아야 한다

차인이라면 자신들이 사용하는 차도구(찻사발, 다관, 찻잔 등)를 사용하면서 아름다움과 기능성을 스스로 평가하고 분석할 줄 알아야 한다. 그냥 차도구를 사용하는 것이 아니라, 관심을 갖고 열심히 생각하고, 보고, 사용하다 보면, 각 부분별 문제점도 보고, 아름다움도 확인하게 된다.

(4) 결국 최종적으로는 자기 안목을 키워가야 한다

모든 차도구는 결국 사용하는 차인들의 안목에 의해 결정된다. 그러므로 제대로 된 차인이라면 자신이 사용하는 차도구에 대한 종합적인 안목을 향상시키기 위해 부단히 노력해야 한다. 차인이 사용하는 차도구는 차인 자신의 안목의 결과이다. 그러기에 자신이 애용하는 차도구를 잘 선택하여 이 시대 유산으로 다음 시대 유산으로 전해질 수 있도록 이 시대의 차문화를 창조하고, 다 함께 종합적인 안목을 길러 우리 시대 차문화 발전에 이바지하도록 하여야 한다.

(5) 차도구에 대한 안목을 높이는 방법

차도구에 대한 안목을 키우기 위해서는 무엇보다 자신의 안목을 높여가야 한다.

예로부터 좋은 명품은 역사문화적인 전통에 기반해 태어난 상품이어야 하고, 수준 높은 장인정신과 숙련된 기술이 뒷받침되어야 하고, 새로운 변화가 있어야 한다.

안휘준 교수는 한국미술사에 남을 현대작가의 기준으로 ① 창의성

② 한국성 ③ 대표성 ④ 시대성 ⑤ 기타사항(작고작가, 제작연대) 등 다섯 가지 기준과 원칙을 제시하였다. 이 점은 작가의 관점에서 좋은 차도구를 만들 때 참조해야 하지만, 차도구를 감상하고 소장할 경우에도 중요한 포인트가 될 수 있다.

그런 의미에서 현실적으로 보면, 지금 '잔 하나'라도 잘 만드는 작가가 좋은 작가라고 본다. 잔 하나라도 자기 특성(개성), 완성도가 높은 작가가 좋은 작가이기 때문이다.

차도구를 감상하고 소장할 때에는 첫째 기능성으로 차도구로서의 기본 기능이 충족되는지를 살펴봐야 하고, 둘째 형태미로서 전체적인 조화와 균형미가 있는지를 살펴봐야 한다.

그리고 셋째 질감미로서 전통적 질감과 자화도(잘 익은 정도)를 살펴보고, 넷째 완성도로서 차도구로서의 품격과 기운이 있는지를 살펴봐야 한다.

그러나 이와 같은 안목과 총체적인 감각은 일시에 저절로 생기는 것은 아니다. 이와 같은 종합적인 안목을 형성하기 위해서는 부단히 관심을 갖고 자신만의 안목을 높이기 위해 노력해야 한다. 그렇다면 자신의 안목을 높이기 위한 방법은 무엇일까?

차도구뿐만이 아니라 어느 예술 분야건 작품의 감상과 안목을 높이기 위해서는 최고의 명품들을 많이 보고, 좋은 작가들을 많이 찾아보고, 좋은 책과 전문가들을 만나서 종합적으로 분석할 줄 알아야 한다. 그와 같은 종합적인 안목을 향상시키기 위한 방법을 살펴보면 다음과 같다.

첫째, 최고의 작품(명품)을 많이 봐야 한다. 차도구에 관해서는 국립박물관이나 호암박물관, 호림박물관 등 박물관이나 골동품점 등을 찾아가 청자, 분청, 백자 등 옛 명품들을 많이 봐야 한다.

둘째, 차도구 작가 100인 이상을 분석해 봐야 한다. 옛 명품을 보고 자기 눈높이를 정했으면, 현재 생존한 도예가들을 찾아서 많은 작품들을 보고 비교해 봐야 한다. 대가들로부터 중진들, 그리고 신진작가에 이르기까지 다양한 작가들을 찾아가 보다 보면, 각 작가들의 장점과 단점들이 보이고, 그 작가들이 무엇을 잘하는지를 확인할 수가 있게 된다. 적어도 수십 군데 이상 여러 작가들을 보면서 각 작가들의 장단점을 분석하고 비교해 가다 보면, 어느 순간 자기 눈높이도 달라지고, 차도구에 대한 종합적인 안목들이 하나씩 생겨나게 된다.

셋째, 좋은 책과 좋은 전문가들을 만나야 한다. 작가들을 찾아다니는 것도 중요하지만, 도자기에 대한 전문적인 도서들을 자주 보면서 자기만의 식견과 이론을 잘 정리하는 것도 중요하다. 요즘은 책도 그렇지만, 인터넷 자료들도 쉽게 참조할 수 있어 좋다. 그러나 인터넷 자료의 경우에는 자료의 신뢰도에 대한 검증이 필요하다. 이와 함께 주위에 좋은 전문가가 있거나, 차도구 관련 강좌가 있으면 자주 찾아가 직접 자문을 받는 것도 중요하다.

마지막으로 좋은 명품과 작가와 책과 전문가들을 만났다 하더라도 최종적으로 받아들이는 것은 본인 자신이므로 스스로 정리하고 평가할 줄 알아야 한다.

차도구를 만드는 도예가이건, 작품을 감상하는 소장가이건 간에 자기화 과정이 필요하다. 그리고 나서 객관적인 검증이 있어야 하고, 자기 자신을 벗어나서 다시 자기화하는 정반합正反合의 과정을 통해 총체적인 안목眼目이 형성되기 때문이다.

현재 대표적인 현대 도예가와 차도구 도예가인 윤광조 선생과 민영기 선생의 경험은 좋은 사례가 될 수 있다. 윤광조 선생과 민영기 선생은 70년대 문공부 장학생으로 일본에 유학을 갔었다.

윤광조 선생의 경우, 현대 도예가로서 일본에 가서 몇 달을 있다가 정체성 문제로 고민하다가 귀국하여 작품활동에 전념하여 우리나라를 대표하는 도예가가 되었다. 윤광조 선생은 홍익대 도예과에 다니다가 군대에 갔을 때 육사박물관에 배치받아서 박물관 내 도자기를 정리하기 위해 국립박물관 최순우 관장(당시 학예연구실장)에게 가서 옛 도자기 명품(청자, 분청, 백자)들을 보면서 자신의 안목을 키웠다고 한다. 그리하여 일본에 가서 보니 일본 도자기보다 옛 명품들을 보니 답이 나와서 주저없이 한국으로 돌아왔고, 결국 옛 명품이 오늘의 나를 만들었다고 하였듯이 옛 명품을 공부하며 열심히 작업하여 우리나라 최고의 현대 도예작가가 되었다.

반면에 민영기 선생은 일본에서 옛 전통 도자기를 만들고자 일본에서 5년간 유학하고 돌아왔다. 그리고 산청에 가마를 잡고, 부단히 노력하여 매일 300개씩 10년 동안 만들어 우리나라 사발을 대표하는 최고의 장인이 되었다. 민영기 선생은 1만 사발을 만들면 1만 사발의 눈이 생기고, 10만 사발을 만들면 10만 사발의 눈이 생긴다고 끊임없는 정진을 강조하고 있다.

두 사람의 결정과 판단은 달랐지만, 각자가 원하는 경지에 도달하기 위해 결정을 내렸고, 자신만의 방법으로 두 사람은 자신만의 세계를 창조하고 있다. 그렇듯이 차도구에 대한 안목과 경지를 열어가는 것도 자신만의 독특한 방법이 필요하다. 끊임없는 관심과 노력이 있다면, 누구든 간에 자신만의 안목과 경지를 드러낼 수 있다.

아무쪼록 그냥 차도구를 보고 즐기는 것도 중요하지만, 자신만의 안목으로 차도구를 선택하고, 더불어서 우리 시대 차도구 문화를 만들어가는 데 이바지하면 더욱 좋을 것 같다.

연구과제

1. 차도구의 감상

2. 차도구의 선택

3. 차도구 감상 조건

4. 시대문화와 차도구

5. 3수 3평

6. 차도구의 기능성과 예술성

7. 다관 선택 시 주의사항

8. 찻사발 선택 시 주의사항

9. 차도구 도예가의 자세

10. 차도구의 안목과 미학

11. 21세기 한국 차도구의 미래

12. 유산자원으로서의 차도구

13. 우리시대 차도구 유산은 무엇인가?

14. 21세기를 대표하는 차도구는 무엇인가?

법관스님의 선화(禪畵) 〈찻사발〉

제4장

우리나라의 다관

제4장

우리나라의 다관

　우리나라 차도구茶道具의 역사는 차茶의 역사와 그 궤적을 같이 한다고 할 수가 있다. 그런 면에서 토기시대로까지 그 연원을 추정할 수가 있다. 가야시대와 삼국시대 차문화가 시작되면서 토기 차도구가 우리나라 차도구의 효시라 볼 수 있다. 토기에서 녹황유, 그리고, 청자, 분청, 백자로 이어지는 찬란한 차도구의 세계가 펼쳐지게 된다.

　그런 측면에서 우리나라 다관茶罐은 가야시대/삼국시대 여러 주전자형 토기와 찻잔 등으로부터 시작되었다고 할 수 있다. 이와 같은 다양한 종류의 차도구들이 고려시대 여러 형태의 아름다운 청자 차도구로 새롭게 탄생하고, 조선시대 분청 차도구와 백자 차도구로 이어지게 되었다고 할 수가 있다.

　21세기인 지금, 차도구의 세계에서도 더 많은 도전과 변화가 요구되고 있다. 이 시대 차도구茶道具를 만드는 도예가들이라면 한·중·일 삼

신현철, 무궁화 다관

국의 차문화와 세계 차문화의 흐름을 이해해야 한다. 특히 다관茶罐을
만드는 도예가라면, 중국 자사호의 다양성과 기능성에 필적하는 다관
들을 만들어 가야 하고, 커피와 홍차로 대변되는 서양의 차문화와 차
도구를 섭렵하고, 다양화되어 가는 차문화를 바탕으로 이를 포용하는
이 시대 우리만의 차도구를 만들어 가야 한다.

1. 다관의 정의와 종류

다관茶罐은 녹차 등의 잎차를 우려 마시는 차 주전자를 말한다. 다관
의 종류는 크게 이용 형태와 재질에 따라 구분될 수가 있으며, 이용하

는 형태에 따라 옆손잡이(횡파형) 다관, 뒷손잡이(후파형) 다관, 윗손잡이(상파형) 다관으로 구분되고, 재질에 따라 토기 다관, 청자 다관, 분청다관, 백자 다관 등으로 구분할 수 있다.

2. 다관의 역사

다관茶罐의 역사는 차茶의 역사와 그 궤를 같이 한다고 볼 수 있다. 우리나라의 경우에도 차의 역사와 함께 다관의 역사도 같이 발전해왔다고 볼 수 있다. 원시적인 형태의 다관은 토기시대 토기형 잔과 주전자를 이용하여 차를 마셨을 것으로 추정하나, 구체적인 자료로 밝혀진 것은 아직까지도 없는 실정이다.

우리나라에서는 단군시대부터 토종차인 백산차白山茶를 마셨으며, 가야시대 허왕후가 인도에서 차 씨앗을 가지고 왔다는 이야기가 전해져 오고 있다. 그리고 문헌상의 기록으로는《삼국사기》에 7세기 전기 신라 선덕여왕 때 이미 차를 마시고 있었으며, 흥덕왕 때인 828년에 김대렴金大廉이 중국에서 가져온 차 씨앗을 지리산에 심으면서 널리 퍼졌다고 전해져 오고 있다. 이와 같은 과정에서 차도구는 차문화의 발전과 그 궤를 같이하며 변화해 왔다고 볼 수가 있다.

(1) 가야/삼국시대의 다관

《삼국유사》에 의하면 가야시대에는 일찍부터 차를 마시는 풍습이 있어 제사에 술과 떡, 밥, 차, 과일을 차렸다고 한다. 신라시대 충담忠湛(869~940) 스님이 경주 남산 삼화령 미륵부처님께 차를 공양하고, 흥덕왕 때 지리산에 차 씨앗을 심은 일이나, 최치원 선생이 차를 선물로 받

으면서 '신선끼리 주고받는 선물'이라고 말한 내용 등이 문헌 기록으로 전해져 오고 있다. 이러한 사실을 통해 삼국시대에는 왕실이나 불가佛家와 같이 특수계층을 중심으로 발전하던 차문화가 통일신라시대에 와서 귀족관료 및 일반승려 계층까지 확대되었음을 알 수 있다. 이와 같이 차문화가 발전함에 따라 차를 마시기에 적당한 용기로서 차도구도 같이 발전되었을 것으로 추정된다.《삼국유사》에 따르면 당시 신라인들은 덩이차를 빻아 가루로 만든 말차抹茶를 마셨다고 한다.

　이러한 차문화의 발전을 바탕으로 삼국시대의 토기 잔들은 갈색, 회청색이 갖는 고요한 색감과 단순함, 그리고 여러 형태의 다양성을 잘 나타냈다고 볼 수가 있다. 이 시대에는 차와 술과 물을 담아 사용했던 다양한 기형의 토기 잔들은 그 시대 사람들의 삶과 문화를 잘 반영하고 있다.

　특히 차도구茶道具로서 토기土器는 청자靑瓷, 분청粉靑, 백자白磁로 이어

토기 뇌문 잔

지는 차도구의 원형原型으로서 그 가치가 높다고 할 수가 있다.

(2) 고려시대의 다관

고려시대는 차문화의 전성기로서, 태조 왕건王健(877~943)이 후삼국 통일을 눈앞에 두고 각지의 군민과 승려에게 곡식, 옷감과 함께 차를 내렸다는 사실을 통해서 이미 10세기 초기에 차가 전국적으로 유행하고 있었음을 확인할 수가 있다. 고려 왕조는 궁궐 안에 다방茶房을 두어 팔관회八關會와 연등회燃燈會, 세시행사歲時行事와 종묘제사宗廟祭祀 등 크고 작은 궁중 행사에 차를 만들어 올렸다고 한다. 또한 큰 도시에는 '다점茶店'이 있어 자유롭게 차를 사 마실 수도 있었으며, 차 맛을 비교하여 품평하는 '명전茗戰'이 스님들 사이에서 유행하기도 하였다.

고려시대의 차도구에 대해서는 1123년 개경에 다녀간 송나라의 서긍徐兢이《고려도경高麗圖經》에 기록을 남겼다. 여기서 서긍은 "고려인들은 차 마시기를 매우 좋아하여 다구를 잘 만드는데, 금꽃이 있는 검은 잔[金花烏盞], 비색의 작은 찻잔, 은화로, 차솥 등이 있다"고 하였다. 이로 보아 당시 고려는 다양한 차도구와 품격이 갖추어진 찻그릇을 사용하였음을 알 수가 있다.

오늘날에 전해지고 있는 고려시대 가마터에서 다수 출토된 청자 탁잔과 찻사발, 청자 통형잔 등은 대표적인 것으로 볼 수가 있다. 특히 고려시대 청자 주전자는 그 어느 시대보다도 세련되고 화려한 것들이 많이 전해져 오고 있다. 고려청자의 기본적인 특성은 우아하고 세련된 형태와 비색翡色이라 부르는 푸른 옥 같이 아름다운 색이다.

청자 퇴화연화문 주자

청자 음각모란당초문 참외형 주자

(3) 조선시대의 다관

조선시대에는 불교문화가 전반적으로 위축되면서 불교적인 차는 다소 쇠퇴하는 반면, 신흥 사대부들 사이에 새로운 조선식 차문화가 성립되기 시작하였다. 다례茶禮가 술을 포함하는 주다례酒茶禮로 바뀌면서 비중은 낮아졌지만, 국가와 왕실의 행사에 차를 올리는 다례도 관행적으로 계속되었다.

조선전기에는 왕실에서 주로 사용하던 그릇은 금속기였으나, 성리학적 정신과 재정적 문제로 화려한 금속기보다 도자기를 선호하게 되었다. 조선시대 도자는 15~16세기 분청사기에 이어 백자가 제작되고, 임진왜란 이후 백자白磁가 주류를 이루게 되었다. 조선시대의 차도구는 고려시대 청자의 화려함과 다양함을 바탕으로 보다 정제된 느낌의 백자와 분청을 중심으로 한 여러 형태의 다관과 숙우, 잔 등이 전해져오고 있다. 특히 조선시대 차 주전자는 순백자의 깊은 질감과 형태적

백자 차 주자 1

백자 차 주자 2

단순함 등이 뛰어나다.

조선시대 분청사기는 우리나라만의 독특한 특성을 간직한 도자기로
서 한국미의 다양성과 질박함과 자연스러움을 간직하고 있으며, 조선
시대 백자는 절제된 형태와 순백의 유색, 간결하면서도 격조높은 도자
기를 만들어 내었다.

(4) 현대의 다관

조선이 일제에 병합된 이후, 일본식 차문화가 유래되면서 전통 도자

기도 상당기간 침체되어 오다가 유근형 선생과 지순택 선생 등이 앞장
서서 옛 전통도예를 복원하고자 노력하였다. 그리하여 신정희 선생과
천한봉 선생 등을 중심으로 현대적 의미의 차도구가 만들어지기 시작
하였다고 볼 수 있다. 특히 다관茶罐의 경우에는 다솔사의 효당 스님과
토우 김종희 선생이 오늘날 많이 사용하는 옆손잡이형 다관을 개발하
였으며, 그 뒤를 이어 김대희 선생과 신현철 선생 등 많은 전통 도예가
들이 독특한 개성과 특성을 살린 다관茶罐들을 만들어 가고 있다.

(위) 토우 김종희 선생의 다관
(아래) 신현철, 연잎다관

우리나라 주요 다관의 윗면

우송움막 백자다관

신현철 선생의 차꽃다관

김해요 무유다관

밀양요 선인상다관

심곡요 다관

김해요 무유다관

연구과제

1. 우리나라 다관의 역사와 종류

2. 다관의 종류와 특성

3. 가야/신라시대의 다관

4. 고려시대의 다관

5. 조선시대의 다관

6. 20세기 한국의 다관

7. 한중일의 다관 특성 비교

8. 21세기 한국의 다관

제5장

한국의 찻사발

제5장

한국의 찻사발

    경상도 지역은 우리나라 찻사발의 고향이다. 웅천, 하동, 진주, 사천, 김해, 양산, 밀양, 산청, 문경 등 도자기를 만들지 않은 고장이 없었다. 오늘날 일본 국보로 지정된 정호사발(일본명 이도)이라 부르는 찻사발의 본향도 우리나라이고, 그 중심은 경상도 지역이다. 그리하여 각각 그 고장의 이름을 따서 웅천사발, 진주사발, 하동사발, 사천사발 등으로 불리고 있다. 그런 측면에서 아직 명확히 확인되지 않았으므로 그 모든 고장을 포함하는 '경상사발'이라고 하자는 우스갯소리도 있다. 다만 오늘날에도 경상도 지역이 조선시대 찻사발의 중요한 근거지였음을 부인할 수는 없는 일이다.

1. 찻사발의 정의와 역사

인류의 지혜가 모여서 만든 가장 오랜 역사적 산물 중의 하나가 바로 찻사발茶沙鉢이다. 우리나라뿐만이 아니라 세계적으로도 모든 나라에서 원시시대 이후 인류가 정착한 이후 물건을 저장하거나 마시는 등의 용도로 가장 많이 사용한 생활용기이기도 하다. 그런 측면에서 보면 찻사발의 원형, 찻사발의 기원은 질그릇인 '도기陶器'에 있다고 할 수가 있다.

차를 마시는 찻사발로서의 기능과 역할이 강조된 것은 아마 차가 생활문화로서 정립된 시기 이후로 보아야 할 것 같다. 인류 역사에서 차의 역사는 그 연원이 매우 깊다. 적어도 현재 존재하는 수천 년 된 차

나무의 수령만큼 차의 역사는 소급될 수가 있다. 찻잎이 가지고 있는 약리적 효과에 대한 인류의 체험은 차를 인류의 주요한 생활문화의 하나로 정립시키게 된다. 이렇게 정립된 차문화는 다른 생활문화를 받아들여 종합적인 문화로 거듭나게 된다. 여기에서 찻사발은 차문화의 중요한 부분으로서 서서히 세상에 드러나게 된다.

세계의 차문화에서 찻사발이 새롭게 태어나게 된 것은 중국과 한국, 그리고 일본의 동양 삼국이다. 이들 삼국은 서로의 문화를 공유하고 교류하며 찻사발문화의 흐름을 이끌어 가고 있다고 볼 수가 있다.

중국의 경우 9세기를 전후하여 형주의 백자와 월주요의 청자로 시작하여 10세기경의 흑유 다완, 청화백자, 오채, 법랑채 등으로 다양화하였다.

일본의 경우에는 중국의 천목다완과 금속제 찻사발, 그리고 한국의 여러 찻사발 등을 주로 사용하였으며, 도자기 전쟁이라 부르는 임진왜란 이후 한국의 사기장들을 데려다가 일본의 도자기 문화를 일으켜, 가라츠다완, 하기다완, 라쿠다완 등을 만들고 있다.

사실 오늘날의 찻사발 문화가 정립된 것은 일본의 영향이 크다고 볼 수가 있다. 14세기와 15세기 이후부터 오늘에 이르기까지 큰 문화적 흐름을 이어왔다는 사실은 훌륭한 일이기 때문이다. 그러나 우리의 입장에서 그저 고마워할 수만은 없는 일이고, 우리의 전통과 아름다움을 되찾고자 하는 노력이 있어야 한다.

그런 의미에서 우선은 찻사발의 용어, 특히 우리 선조들이 만든 여러 찻사발의 명칭에 대해서는 다시 생각해볼 필요성이 있다. 최근에 찻사발의 이름과 가치를 재평가하려는 노력이 전문가나 도예가, 다인 등 여러 분야에서 시도되고 있으나, 아직까지도 현실적으로는 일본식의 이름을 그대로 사용하는 경우가 많은 실정이다. 그만큼 잊혀진 전통을 되찾고, 새로운 문화와 전통을 제대로 수립한다는 것은 어려운 일이다. 지금 현재에도 많은 경우 오늘날 만들어지고 있는 한국의 찻사발들에 대해서도 '한국찻사발韓國茶沙鉢' 또는 '한국다완韓國茶碗'이 아니라 '고려다완高麗茶碗' 또는 '조선다완'이라는 이름으로 불리고 있다. 이것은 분명히 일본식의 이름이다. 물론 예로부터 일본에서는 중국사람을 당인唐人, 중국물건을 당물唐物이라 부르고, 우리나라 사발을 고려다완高麗茶碗이라고 부르고 있다. 그렇지만 우리의 입장에서 우리 식의 용어와 이름이 없다면, 그것은 우리 스스로 우리의 과거와 현재의 정체성을 부정하는 일이다. 물론 고려高麗도 우리의 자랑스런 과거이지만, 그렇다고 현재의 우리가 1,000년 전의 과거 속에서 살 수는 없는 일이다. 이제부터라도 일반적으로 우리나라의 찻사발을 '고려다완高麗茶碗'이라고 부를 것이 아니라 '한국찻사발韓國茶沙鉢' 또는 '한국다완韓國茶碗'이라고 부르는 것이 바람직한 일이라고 본다.

통일신라 토기 찻사발[언정다영(言貞茶榮) 명완]

우리나라의 경우에도 찻사발의 역사적 기원은 가야와 삼국시대 질그릇[陶器]에 있다고 볼 수가 있다. 오늘날 남아있는 많은 유물들을 통하여 찻사발로서의 기본적인 형태와 선 등이 나타나고 있기 때문이다.

그런 의미에서 현존하는 유물 중에서 최고最古의 찻사발이라고 부를 수 있는 것이 임해전지(안압지)에서 발견된 '언정다영言貞茶榮'이라는 글자가 새겨진 신라시대의 질그릇 찻사발[陶器茶沙鉢]이다(일부 전문가는 그 형태면에서 차를 마시는 찻사발이라기보다는 찻물을 버리는 퇴수기로 보기도 한다). 그 이후 녹황유찻사발綠黃釉茶沙鉢과 고려시대 청자靑瓷 찻사발茶沙鉢, 고려 말기와 조선 초기로 이어지는 분청찻사발粉靑茶沙鉢, 조선시대 고백자古白瓷와 백자白瓷 찻사발茶沙鉢 등의 명품 찻사발이 탄생하게 된다.

덧무늬 토기사발

결국 오늘날 세계적으로 자랑스러운 한국찻사발의 기원起源은 질그릇[陶器] 찻사발로부터 시작하여 녹황유찻사발, 고려시대의 청자찻사발, 조선초의 분청찻사발, 그리고 조선시대의 백자찻사발로 그 당당한 흐름이 이어져 왔다.

그런 역사적 큰 흐름을 가지고 바로 지금 이 순간에도 질그릇과 청자와 분청과 백자의 전통을 이은 이 시대의 한국찻사발韓國茶沙鉢의 개발을 위하여 많은 도예가들이 불철주야로 노력하고 있음은 반가운 일이다.

도자기(陶瓷器) 용어에 대하여

원래 '도(陶)'는 가마 안에서 질그릇을 굽는 형상을 문자화한 것으로 도토를 써서 가마 안에서 구운 그릇을 총칭하는 말이다. '도자기(陶瓷器)'란 말은 원래 '도기(陶器)'와 자기(瓷器)라는 별개의 두 유형으로 따로 지칭하던 것을 현대에 이르러 도자기(陶瓷器)로 합쳐 부른 데서 기인한다.

'도기(陶器)'란 우리말로 '질그릇'이라고 부르며, 도토(陶土)를 가지고 형태를 만들어 도기 가마에서 600~700도의 낮은 온도에서 구워낸 그릇을 말하며, '자기(瓷器)'란 흔히 '사기그릇'으로 불리우며, 자토(瓷土, 고령토)를 가지고 형태를 만들어 자기가마에서 유약을 발라 1,250도 전후의 온도로 구워낸 그릇을 말한다.

질그릇으로서의 '도기'는 현재 토기(土器)와 도기(陶器)로 혼용하여 쓰이고 있지만, 원래 우리나라에서는 토기란 말을 사용한 예가 없었으나, 일제시대 일본 사람들에 의해 토기로 명명되어 오늘에 이르고 있다.

이와 함께 도자기를 만드는 사람을 '도공(陶工)'이라 부르고 있으나, 이 말도 '사기장(沙器匠)'이라는 말로 부르는 것이 더 바람직하다.

(1) 찻사발이란

'찻사발茶沙鉢'은 사기沙器로 만든 차를 마시는 사발沙鉢을 말한다. 여기에서 사발이란 몸통보다 입구가 넓은 그릇을 이야기한다. 그러므로 찻사발이란 말차抹茶를 타 마시는 찻그릇이다. 보다 정확하게 이야기하면 사기로 만든 자기만을 이야기하나, 일반적으로 도기류를 포함하여 도자기로 만든 모든 종류의 차를 마시는 그릇을 찻사발이라고 부른다.

찻사발의 크기는 큰 찻사발, 중간 찻사발, 작은 찻사발로 구분할 수 있다. 큰 찻사발은 입지름이 약 15~16cm 정도이며, 중간 찻사발은 13~14cm, 그리고 작은 찻사발은 10~12cm 정도이다. 보통 찻사발로서 사용하기에 적당한 크기는 양 손으로 잡기 적당한 정도의 14cm에서 15cm 정도이나, 찻사발의 종류와 형태에 따라 그 크기가 다를 수 있다.

통상 입지름이 16cm 이상의 큰 찻사발보다 큰 사발은 발鉢이라 부르고, 입지름이 12cm 이하의 작은 찻사발보다 작은 사발은 나눔잔, 또는 찻잔이라 한다.

또한 찻사발은 찻사발이라는 이름 이외에도 그냥 줄여서 사발沙鉢 또는 사발砂鉢, 다완茶碗 또는 차완茶碗, 자완 또는 자왕(다완의 일본식 발음), 찻잔 또는 다잔茶盞, 찻종 또는 다종茶鍾 등으로 다양하게 부르고 있다.

좁은 의미에서 보면, 찻사발은 말차를 마시기 위한 사발만을 찻사발이라고 부를 수가 있으나, 넓은 의미의 찻사발은 말차와 엽차 등 차를 타 마시는 찻사발과 다양한 형태의 사발종류[완(碗)]와 찻잔[잔(盞), 종(鍾), 배(盃, 杯)] 등을 포함한다고 볼 수도 있다.

실제로 도자기의 발전 과정에서 찻사발과 찻잔, 그리고 일상생활에서 여러 용도로 사용하는 사발들과의 구분이 불명확한 경우가 많다. 오늘날에는 찻사발과 다른 사발들을 구분하여 만들지만, 옛날에는 찻

대정호 찻사발 1(기자에몬) 앞면
대정호 찻사발 2(기자에몬) 뒷면

사발로서 만들기도 하였지만 다른 용도로 만든 사발들을 찻사발로 사용하기도 하였기 때문이다. 그렇지만 도자기의 역사에서 원시시대부터 오늘날에 이르기까지 일관되게 사용되고 있는 그릇은 목마를 때, 물과 차, 그리고 술 등의 음료를 마시는 크고 작은 잔 등이 찻사발의 원형으로서 매우 큰 의미가 있다.

오늘날 존재하는 찻사발은 ① 원래부터 찻사발로서 만들어진 사발과 ② 다른 용도로 만들어졌으나, 찻사발로 사용하는 사발 등으로 구분해볼 수가 있다.

조선 녹황유(정조이라보)사발 뒷면

생활문화적 특성으로 본다면, 모든 공예품은 사용하는 용도에 따라 그 특성이 결정되는 것이 바람직하다. 어떤 목적으로든 사용하기에 좋다면 좋은 것이라고 볼 수가 있기 때문이다. 찻사발의 경우에도 찻사발로 사용하기에 적당하면 좋은 것이라고 본다. 그렇지만 찻사발이 가지고 있는 품격은 기능적인 특성만이 아니라, 찻사발로서의 형태와 질감 등 예술적 특성과 그 시대의 역사와 문화적 특성 등을 포함하게 된다. 결국 모든 찻사발은 그 시대, 그 나라와 민족의 고유한 차문화의 특성과 관심을 바탕으로 발전하게 된다고 볼 수가 있다.

(2) 찻사발의 종류

찻사발茶沙鉢의 종류는 다음과 같이 시대별, 종류별, 재질별, 형태별, 크기별, 용도별 등으로 구분할 수 있다.

첫째, 시대별로 살펴보면 ① 삼국시대와 그 이전 찻사발 ② 고려시대 찻사발 ③ 조선시대 찻사발 ④ 현대 찻사발로 구분할 수가 있다. ① 삼국시대와 그 이전 찻사발 ② 고려시대 찻사발 ③ 조선시대 찻사발을 전통傳統 찻사발茶沙鉢이라 하고, 해방 이후 현대에 이르기까지 전통 사발을 바탕으로 새롭게 만들어지고 있는 찻사발을 ④ 현대現代 찻사발茶沙鉢로 구분하여 볼 수가 있다. 이 중에서도 주로 관심이 많은 찻사발은 조선시대 찻사발과 고려시대의 일부 찻사발 등 전통 찻사발과 오늘날 만들어지고 있는 여러 종류의 현대 찻사발이다. 이 중에서도 가장 한 국적인 특성을 잘 나타내고 있는 찻사발이 분청사기와 연질백자로 만 든 전통 찻사발이다. 현재 전해지고 있는 대부분의 명품은 조선시대인 14세기에서 18세기에 걸친 분청사기와 연질백자로 이루어진 찻사발 이다.

둘째, 종류별로는 ① 토기 찻사발 ② 녹황유 찻사발 ③ 청자 찻사발 ④ 분청 찻사발 ⑤ 백자 찻사발

셋째, 형태별로는 ① 통형 찻사발 ② 반통형 찻사발 ③ 배盃형 찻사 발 ④ 완(盌, 垸, 椀)형 찻사발 ⑤ 구甌형 찻사발 ⑥ 종鐘형 찻사발

넷째, 재질별로는 ① 도자기 찻사발 ② 유리제 찻사발 ③ 금속제(금·은·동) 찻사발 ④ 석제(옥 등) 찻사발 ⑤ 목제 찻사발

다섯째, 크기별로는 ① 큰 찻사발 ② 중간 찻사발 ③ 작은 찻사발

여섯째, 용도별로는 ① 박차용 찻사발 ② 농차용 찻사발 등으로 구분해 볼 수가 있다.

이 중에서도 찻사발에 대한 종류는 주로 시대별이나 종류별, 형태별 등으로 구분하여 왔다. 그중에서도 조선시대 분청사기와 연질백자를 중심으로 한 전통 찻사발에 대한 관심, 특히 일본에서 이도와 고비키, 이라보라 부르는 정호찻사발과 덤벙찻사발, 녹황유찻사발 등 몇 가지의 찻사발 종류에 대한 표면적인 관심이 주로 이루어지고 있는 실정이다.

대정호사발(봉래)

최근에 옛그릇연구회 등 찻사발에 관심있는 애호가들에 의해 찻사발에 대한 여러 번의 기획전시회와 우리의 전통 찻사발에 대한 이름찾기 등 다양한 노력이 시도되고 있음은 매우 반가운 일이다. 더불어서 전통 찻사발을 이어가기 위한 수많은 다인들의 관심과 도예가들의 노력이 경주되고 있음은 한국 찻사발의 발전을 위해 참 다행스러운 일이다.

(3) 주요 전통 찻사발의 종류와 특성

오늘날 전해지고 있는 옛 찻사발은 그 종류가 다양하다. 일본에서는 우리나라에서 전래된 모든 찻사발을 '고려찻사발[高麗茶碗]'이라고 부른다. 사실 토기와 청자 등 몇 가지 사발을 제외한다면, 오히려 '조선찻사발[朝鮮茶碗]'이라고 부르는 것이 더 타당할 수 있다. 오늘날 평가받는 대부분의 찻사발은 조선시대 분청과 고백자 찻사발이 주종을 이루기 때문이다.

역사적으로 살펴보면 우리나라의 전통 찻사발은 가야와 삼국시대 토기로부터 고려청자로 이어져서 조선시대에 그 꽃을 피웠다고 보는 것이 바람직할 것 같다.

특히 고려 말 청자 기술이 쇠퇴하면서 각 지방 가마가 본격화되어 제각기 다양한 형태의 분청이 생산되기 시작하는 15~16세기가 조선 찻사발의 황금기라 볼 수가 있다.

조선시대 찻사발은 크게 두 가지로 구분된다. 하나는 조선시대 일 상용기를 찻사발로 사용한 삼도三島(일본명 미시마)사발, 정호井戸사발, 덤벙(粉引, 코히키)사발, 견수堅手(카타데)사발, 우루雨漏(아마모리)사발, 웅천熊川(코모가이)사발 등이다. 또 하나는 일본에서 조선에 주문해 만든 어본御本(고혼)사발로서 소바[蕎麥], 토토야[斗斗屋], 카키노헤타, 이라보伊羅保, 킨카이[金海], 고쇼마루[御所丸], 고키[吳器] 등이다.

특히, 조선찻사발의 정수인 정호井戸사발은 크게 형태에 따라서 대정호大井戸(오오이도), 소정호小井戸(고이도) 또는 고정호古井戸, 청정호靑井戸(아오이도) 등으로 나뉘지며, 비슷한 유형으로 정호협井戸脇(이도와키), 소바[蕎麥] 등이 있다.

이와 같은 옛 전세사발은 국내에도 일부가 남아 있으나, 많은 사발이 일본으로 전래되어 일본 차문화의 발전에 중대한 역할을 담당하게 된다.

일본 고려다완연구회의 조선사발 전세품 목록에 의하면, 일본에 전래된 찻사발은 그중 대표적인 것들이 정호(이도) 143점, 이라보 79점, 두두옥(도도야) 50점, 오기(고키) 43점, 웅천(고모가이) 31점, 쇄모목(하케메) 29점, 분인(고히키) 28점, 삼도(미시마) 27점, 견수(가다테) 24점, 어소환(고쇼마루) 17점, 가키노헤타 16점, 어본(고혼) 16점, 우루(아마모리) 15점, 운학(운가쿠) 11점, 김해(긴카이) 11점 등 664점인 것으로 나타나고 있다. 주요 전통 찻사발의 종류와 특성을 정리해 보면 다음과 같다.

한국의 전통 찻사발

사발 이름	사발의 주요 특성
정호사발 (井戶, 이도)	정호사발의 일본명 이도는 일본다도에서 제일의 사발로 손꼽히는 것으로 오오이도(大井戶), 고이도(小井戶), 아오이도(靑井戶) 등으로 크게 나눠지며, 비슷한 유형으로 이도와키(井戶脇), 소바(蕎麥) 등이 있다. 조선 초기부터 중기에 만들어졌다고 추정되며, 백색계의 거친 태토에 반투명한 황록색의 유약을 칠한 사발이다. 이도라는 이름이 붙게 된 데는 정호대마수(井戶對馬守) 등이 각각 조선에서 가져갔다는 설과 또한 정호삼십랑(井戶三十郎)이 가져가 도요토미 히데요시에게 진상한 '이도의 다완'이라는 이름의 도자기에서 유래되었다는 설, 그리고 경상도 문경의 정호리(井戶里)가 원래의 산지라는 설 등 여러 가지가 있으나, 아직까지 명확히 밝혀진 것은 없다.
분청사발 (三島, 미시마)	분청사기로 만든 사발을 말한다. 미시마라는 이름의 유래에는 인화문과 선문의 모양이 시즈오카현 삼도대사(三島大社)에서 배포한 달력과 비슷한 데서 유래되었다고 하나 이설도 있다. 일반적으로 그 문양에 의해 이름이 정해진 것으로 보이며, 《이휴백회기(利休百會記)》에 의하면 1586년경부터 사용된 것으로 나타난다. 당시는 소구(紹鷗) 이래 와비다도가 유행하던 초기로서 종래의 귀인용의 중국 천목(天目)다완은 점차 사라지고, 고려다완 즉 조선사발로 옮겨가던 시기로서 분청사기의 신중한 화려함과 와비의 유현함이 잘 어우러졌기 때문에 사랑받았던 것으로 보인다.
웅천사발 (熊川, 고모가이)	고려다완의 일종으로 구연부가 밖으로 살짝 뒤집어지고, 속이 깊으며 굽이 높고 크다. 고모가이 즉 웅천은 경남 낙동강에 인접한 항구로서 과거에 왜관이 설치되었고, 그 항을 통해 일본으로 건너간 도자기가 항구 이름 그대로 다완의 이름이 되었다고 한다. 고모가이는 진웅천(眞熊川, 마고모가이), 귀웅천(鬼熊川, 오니고모가이), 후웅천(後熊川, 아토고모가이), 회웅천(繪熊川, 에고모가이) 등으로 나누어진다. 진(眞)과 귀(鬼)는 시대가 가장 오래된 것으로 특히 진은 상품으로서 만든 수법이나 전체적인 느낌이 뛰어난 것에 비해서 귀는 조금 뒤떨어지긴 하지만 분위기가 재미있고 남성적인 느낌을 준다.
귀얄사발 (刷毛目, 하케메)	도기 장식기법의 일종으로 백화장토를 하케 즉 귀얄로 한 번에 발라 버린 사발로서 우리나라에서는 귀얄사발이라 부른다. 분청사기에서는 귀얄문이라고 하며, 귀얄분청이라고 분류한다. 따라서 귀얄분청은 하케메라기보다 하케미시마(刷毛三島)라고 하는 것이 옳다. 사발의 경우에 한 면에 백화장토를 바른 것을 무지쇄모목(無地刷毛目)라고 하며, 고쇄모목(古刷毛目), 근쇄모목(筋刷毛目) 등의 종류도 있다.
옥자수사발 (玉子手, 다마고데)	유약의 표면이 부드럽고 마치 계란껍질처럼 매끄러우며 미세한 빙열이 있는 사발이다. 부드럽다는 뜻의 야와라카데(柔わらか手)도 이 부류에 속한다. 가다테(堅手)사발이 산화염으로 구워졌다고 생각하면 된다. 그러나 전체적인 모양이나 다완 내면의 중심부, 대나무마디 모양의 굽으로 보면 고모가이에 가깝다. 박시(薄柿), 옥경(玉鏡), 옥춘(玉春), 설류(雪柳) 등의 대표작이 있다.

사발 이름	사발의 주요 특성
할고대사발 (割高臺, 와리고다이)	굽의 일종. 넓은 의미로는 굽이 하나가 아니라 여러 개로 나누어져 있는 사발을 말한다. 또한 그 절개 방식에 따라 와리고다이, 절고태(切高台), 십문자(十文字) 등으로 나누어지며, 좁은 의미로서는 굽의 두 부분을 V 자로 잘라낸 것을 말한다.
어본사발 (御本, 고혼)	모모야마시대로부터 에도시대 초기에 걸쳐 일본의 사발 양식을 기본으로 조선의 부산과 왜관 부근의 가마에서 만든 사발이다. 오리베고혼(織部御本)과 엔슈고혼(遠州御本) 등으로 나누어지며, 흙 맛에 의해 스나고혼(砂御本)으로 불리기도 한다. 고쇼마루 등도 고혼다완의 일종이나 간분(寬文, 1661~73)시대부터 죠우쿄우(貞享, 1684~8)시대에 걸쳐 현열(玄悅), 무삼(茂三) 등이 부산의 왜관요(倭館窯)에서 만든 것을 보통 고혼다완이라 부르고 있다. 주로 백토에 붉은 맛을 띠는 황색의 유약을 바르고 거기에 백유, 철, 청화 등으로 학, 매발(梅鉢), 해바라기 등의 꽃 문양을 그렸다. 또한 고혼의 흙에는 맑은 홍매색의 반점이 있어서 차인들 사이에서는 차의 녹색을 우려내는 역할을 한다 하여 감상의 주안점이 되어 왔다. 또한 이 반점을 고혼이라고 부르는 경우도 있다.
김해사발 (金海, 긴카이)	부산에서 가까운 김해의 가마에서 만들어진 고혼(御本)다완의 일종이다. 기면에 김(金) 또는 김해(金海)라는 글을 새겨서 붙은 이름이기도 하다. 자기질의 태토에 청백색의 유약이 칠해져 있으며 고온에서 구워져 가다테의 부류에 속한다. 모양은 완형(碗形)이며 굽은 밖으로 힘차게 벌어진 발고태(撥高台)가 많고 와리고다이로 된 것은 귀하게 취급된다. 몸체에는 묘소(猫搔, 네코가카-장식기법의 일종으로 그릇의 내외면에 고양이 발톱으로 긁은 것 같은 문양이 있는 것)로서 빗살문이 시문되어 있다. 구연부는 대체로 복숭아모양(桃形)이 많으며 주빈형(洲兵形) 등도 있다. 기벽은 얇으며 흙이 보이지 않게 유약을 발랐으나, 약간의 붉은 빛이 비치는 것도 있다.
어소환사발 (御所丸, 고쇼마루)	후루다 오리베(古田織部)의 디자인을 기본으로 조선의 김해에서 구워낸 사발이다. 일반적으로 일본의 디자인을 바탕으로 조선에서 만든 것을 고혼(御本)다완이라 부르나, 그 가운데서도 가장 이른 시기에 만든 것을 말한다. 고쇼마루라는 것은 원래 일본에서 조선과 무역을 위해 사용하던 배를 가리키는 것으로 임진왜란 때 시마즈 요시히로(島津義弘)가 이 사발을 만든 후 고쇼마루에 실어 도요토미 히데요시에게 진상함으로써 이 이름이 붙었다고 전해진다. 고쇼마루에는 반자기질로 무유소성한 백색의 것과 그 위에 철사를 사용하여 반정도 칠한 구로하케메(黑刷毛)라고 불리는 것이 있다. 모양은 대체로 답형(沓形)이며, 굽은 오각 내지는 육각으로 잘라냈다.
견수사발 (堅手, 가다테)	조선 전기에 만들어진 자기질의 것으로 흙이나 유색이 견고한 느낌을 주기 때문에 붙은 이름이다. 가다테에는 혼데(本手), 백수(白手), 사견수(砂堅手), 원주견수(遠州堅手), 어본견수(御本堅手), 우루견수(雨漏堅手), 김해견수(金海堅手) 등 여러 종류가 있다. 가다테의 혼데, 즉 간단히 가다테라고 부르는 것은 태토는 자주색이며, 그 위에 맑고 옅은 청색(靑色)에 약간 회색기가 있으며 흰 느낌의 유약이 두껍게 칠해져 있다. 유면은 차분하고 농염한 맛이 있으며, 작은 실금들이 있다. 그러나 굽까지 유약이 칠해져 흙은 거의 보이지 않지만, 대표적인 장기견수(長崎堅手)는 흙이 보이기도 한다.
우루사발 (雨漏, 아마모리)	사발의 내외에 비에 젖은 듯한 얼룩 같은 반점이 있어서 붙은 이름이다. 반점의 색은 대체로 회색이 많으나, 간혹 자주색의 것도 있다. 아마모리에는 분청과 같이 반자기질의 것도 있고, 자기질에 가까운 것도 있으며, 아마모리가다테(雨漏堅手)라고 부른다. 반점이 생긴 이유는 가마 안에서의 화학적 변화에 의한 것도 있으나, 대부분은 오랜 기간 다완을 사용하던 중에 차가 유약의 핀홀로 스며들어 착색된 것이 많다.

사발 이름	사발의 주요 특성
청자사발 (靑瓷, 운가쿠)	청자나 분청사기 등에 자주 사용되는 문양으로 운가쿠데(雲鶴手)라고도 부르며, 주로 청자에 운학문을 상감처리한 청자사발을 말한다.
광언수사발 (狂言袴, 교우겐바카마)	운학(운가쿠)사발의 일종으로 당시 광언사[狂言師(能樂, 노우가쿠라는 일본 전통 악극의 배우)]의 소매 문양과 닮았다고 해서 고보리 엔슈가 붙인 이름이다. 통형이나 반통형의 다완으로 청자와 같이 얇은 회색 태토의 몸통에 아래위로 기하문의 문양이 있고 가운데 국화문과 같은 문양이 백상감되어 있다. 국화문이 4개 또는 3개가 있는 것으로 시대의 차이가 있으며, 센노리큐시대에 건너간 것은 야취가 있어 차인들 사이에서 진중하게 다루어졌다. 특히 소구(紹鷗)가 가지고 있던 대명물(大名物)에는 국화문이 3군데 있고, 연대가 오래되어 서명이 없는 대로 교우겐가쿠라고 불리운다.
가키노헤타사발 (柿の蔕, 가키노헤타)	조선사발의 일종이며, 두두옥(斗斗屋)의 한 종류이다. 말 그대로 형태가 감의 꼭지를 닮았다는 데서 붙은 이름이다. 태토는 철분이 많은 사질토로서, 색조는 감의 색과 비슷하다.
오기사발 (吳器, 고키)	어기(御器) 또는 오기(五器)라고 쓴다. 어기는 원래 음식용의 나무그릇을 말하며, 이것과 비슷한 모양을 가졌다고 해서 붙은 이름이다. 높이가 높으며 굽이 약간 밖으로 벌어져 있는 모양이다. 큼직한 느낌의 형태와 소박한 유약의 색으로 차인들 사이에 인기가 높다.
두두옥사발 (斗斗屋, 도도야)	어옥(魚屋)사발로서 철분이 많은 적갈색의 태토에 푸른 기를 띤 비파색의 유약을 얇게 발랐으며, 가늘고 선명한 손자국이 있고 굽은 작으나 정리된 것이 특징이다. 또한 비파색과 갈색의 불색이 때로는 점점히 때로는 반점처럼 나타나는 것이 최대의 특징이다. 평다완류가 많고 와비풍의 느낌이 강하다. 이름의 유래는 센노 리큐가 생선가게에서 발굴했다는 설과 사카에의 도도야라는 상호를 가진 상인이 사들였다는 데서 유래되었다고 한다.
덤벙사발 (粉引, 고히키)	사발 표면이 분을 바른 것 같이 보이는 것, 또는 분을 뿜어서 칠한 것처럼 보인다 해서 분취(粉吹)라고도 한다. 철분이 많지 않은 백색토에 내외면을 화장토로 칠하고, 그 위에 투명한 유약을 발랐다. 화간(火間, 히마-유약이 발라지지 않은 부분으로 붉게 태토가 보이는 부분)이 있는 것으로 보아 바가지 등을 사용하여 흘려 시유한 것으로 보인다. 전체적으로 얇고 상쾌한 맛이 있다. 산지는 확실하지 않으나, 경상남도 지역에서 만들어진 것으로 유추된다.
이라보사발 (伊羅保, 이라보)	철분이 많은 사질의 거친 태토에 유약이 얇게 발려 있는 것으로 눌어서 거친 느낌[이라라, いらいら]이라 해서 붙여진 이름이다. 에도시대 초기 일본의 주문에 의해 만들어졌다고 하며, 고이라보(古伊羅保), 황이라보(黃伊羅保), 정조이라보(釘彫伊羅保), 천종이라보(千種伊羅保) 등이 있다.

① 청자사발

고려청자高麗靑瓷 중 찻사발로 사용한 여러 형태의 사발들이 있다. 그 중에서도 순청자사발과 상감청자사발, 그리고 통형청자사발 등이 많이 사용되어 왔다.

순청자사발

순청자사발 해무리굽

청자상감 운학문 사발

청자상감 국화문 사발

청자상감 당초문 사발

청자상감 당초문 사발 내면

② 분청사발

분청사발로는 백토분을 입힌 덤벙사발(분인, 고비키), 반덤벙사발, 귀얄사발[刷毛目, 하케메], 인화문사발, 철화사발, 삼도사발[三島, 미시마] 등이 있다.

덤벙사발(삼호)

덤벙사발(삼호) 굽 부분

분청사발(삼도)

분청사발(삼도) 굽 부분

분청사발(귀얄)

분청철화 당초문 사발

③ 정호사발(井戸茶碗, 이도)

가장 한국적인 사발이기도 한 정호사발은 일본다도에서 최고의 위치를 차지하고 있다. 위대한 사발, 천하제일의 명기라 부르는 정호사발은 대정호大井戸(오오이도), 소정호小井戸, 청정호靑井戸, 교맥蕎麥(소바), 정호협井戸脇 등 여러 형태가 존재하며, 그중에서도 대정호를 으뜸으로 치고 있다. 정호사발은 비파색이라는 질리지 않는 색감과 당당한 형태 등 사발 중의 사발로 대접받고 있다.

대정호사발(喜左衛門)

대정호사발(喜左衛門) 굽 부분

청정호사발(시바타)

청정호사발(시바타) 굽 부분

대정호사발(통정통)

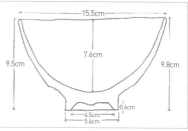

대정호사발(통정통) 굽 부분

소정호사발(망수)   소정호사발(망수) 굽 부분

소바사발(잔월)   소바사발(잔월) 굽 부분

소정호사발(육지장)   소정호사발(육지장) 굽 부분

④ **녹황유사발**(綠黃釉, 이라보)

태토에 거친 흙 입자가 드러나는 찻사발로서 돌트임이나 흙덧붙임 등이 잘 나타나는 사발이다. 일본명으로 '유약이 얼룩거린다'는 의미의 '이라이라'에서 '이라보伊羅保'라 이름 붙였다 한다. 전체적으로 황색

을 띠는 황이라보黃伊羅保와 굽 안을 소용돌이로 처리한 정조이라보釘彫伊羅保, 사발에 두 가지 유약을 반쯤 나누어 시유한 편신체片身替 이라보伊羅保 등이 있다.

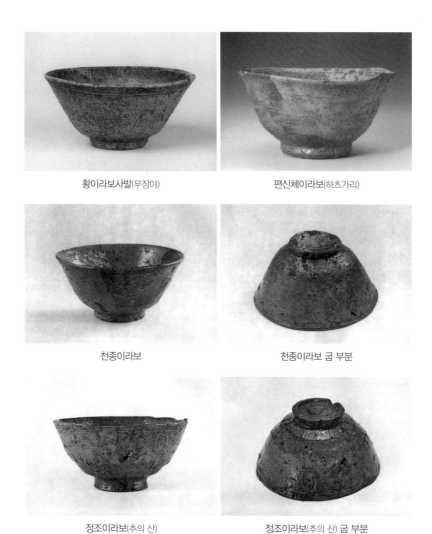

황이라보사발(무장야)

편신체이라보(하츠가리)

천종이라보

천종이라보 굽 부분

정조이라보(추의 산)

정조이라보(추의 산) 굽 부분

⑤ **두두옥사발**(斗斗屋, 도도야)

일명 '어옥魚屋사발'이라고도 하며, 생선가게 주인이 구입하여 사용했다 하여 그 이름을 붙였다고 한다. 푸른색과 갈색의 색감이 어우러지며, 특히 몸통의 굽을 깎을 때, 흙날이 선 것 같은 특성이 있다. 일반 두두옥 사발도 여러 형태가 있으며, 그중에서 감꼭지를 엎어 놓은 것과 같다는 가키노헤다[柿蔕]사발 등이 있다.

두두옥사발(내량)

두두옥사발(내량) 굽 부분

두두옥사발(카스미)

두두옥사발(카스미) 굽 부분

가키노헤다사발(비사문당)

가키노헤다사발(비사문당) 굽 부분

⑥ 김해사발(金海茶碗, 긴까이)

김해사발金海茶碗이라는 명칭은 그 찻사발이 만들어졌던 지명에 의한 것으로 간혹 서왕모西王母라는 찻사발에서 보듯이 사발의 표면에 '김해金海'라는 글자가 새겨져 있는 것도 있다. 오늘날 전해지고 있는 김해사발은 작위적作爲的인 형태가 강한 것이 많다. 어소환御所丸은 답형沓形에 머물고 있으나, 김해 찻사발의 경우에는 봉숭아형[桃形], 수하마형[洲挾形], 고방형[小判形] 등 그릇 모양도 다양하고 굽 처리 등도 다양하다.

김해사발 1(서왕모)

김해사발 2

김해사발 3

김해사발 4

⑦ **오기사발**(吳器, 고키)

굽과 몸통이 시원한 발우 형태의 사발로서, 대덕사 오기, 홍엽 오기 등이 있다.

홍엽오기사발   홍엽오기사발 굽 부분

⑧ **웅천사발**(熊川, 고모가이)

사발의 전은 밖으로 벌어져 있으나, 통형사발로서 안정감이 있는 사발이다. 진웅천, 귀웅천, 옥자수사발 등이 있다.

웅천사발

⑨ 기타 사발

그 밖의 사발로서 할고대 사발과 어소환 사발, 입학사발 등이 있다. 또한 주요 사발의 단면도와 사발 굽의 형태는 다음 그림 및 사진과 같다.

할고대 사발   할고대 사발 굽 부분

입학 사발   입학 사발 굽 부분

어소환 사발   어소환 사발 굽 부분

주요 사발의 단면도

대정호사발(통정통) 단면도

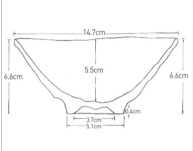

청정호사발(보수암) 단면도

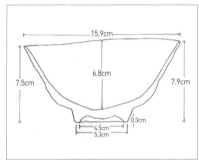

덤벙사발(우루) 단면도

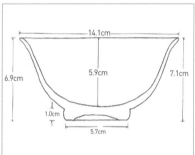

천종이라보사발 단면도

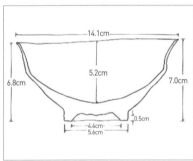

가키노헤다사발(노사비문당) 단면도

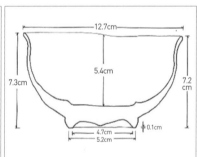

귀웅천사발 단면도

자료: 평범사, 다완 제2권/제3권, 1972

사발 굽의 여러 형태

분청(삼도)사발   덤벙사발(우루)

분청(무지쇄모목)사발   대정호사발

분청(어소환)사발   분청(웅천)사발

청자(주광)사발   분청(옥자수)사발

고려매화문사발   분청(카키노헤다)사발

자료: 매일신문사, 유명미술관소장 일본의 명도십선2 : 다완Ⅱ

(4) 찻사발의 발전 과정과 문화 전파

한 나라의 전통傳統과 문화文化는 저절로 형성된다고 하기보다는 그 나라, 그 민족의 관심과 정성의 결정체이고, 그로 인한 구체적인 결과물이다. 오늘날에도 앞서가는 사람들에 의한 창조적인 노력이 여러 사람들에 의해 받아들여지고, 그 사회의 보편적인 문화로서 굳어질 때, 그것은 그 시대의 문화로서 과거, 현재, 미래의 삼세三世로 이어지게 된다.

찻사발의 경우에도 태초가 아닌 이상 새로운 것이란 없다. 다만 그 시대의 특성에 따른 현실적인 변화와 응용이 있을 뿐이라고 본다. 그런 면에서 한국의 찻사발은 한국 차문화의 역사와 그 궤적을 같이 할 수밖에 없다. 차문화가 흥하면 차를 마시기 위한 구체적인 도구로서의 찻사발도 다양하게 변화해갈 수가 있기 때문이다.

역사적으로 살펴보면 한국의 찻사발은 차문화의 발전과 함께 여러 번의 변화 과정이 있었다. 그리고 지금에 와서 우리는 새로운 역사적 부흥기에 와 있다. 가야, 고구려, 백제, 신라의 옛 찻사발로부터 고려시대의 청자 찻사발로 이어져서 조선시대 분청과 연질백자, 그리고 백자 등 한국 전통 찻사발의 황금기를 맞이하게 된다. 그리고 도자기 전쟁이라 부르는 임진왜란 이후 해방을 전후한 시기에 이르기까지 쇠퇴기를 거치게 된다. 해방 이후 50~60년대 전통도예의 복원기를 거쳐서 70년대 이후 오늘날에 이르기까지 차문화의 중흥과 함께 21세기 한국 찻사발의 새로운 부흥기를 맞이하고 있다.

전문가에 따라, 또는 보는 관점에 따라, 한국 찻사발에 대해서는 여러 분류가 가능할 것이지만, 필자 등이 판단하는 우리나라 찻사발의 발전 과정은 다음 표와 같이 여섯 단계로 나누어 볼 수가 있다.

우리나라 찻사발의 발전 과정

발전 단계	시대	주요 찻사발
1. 한국찻사발의 태동기	차문화의 태동 이후 삼국시대, 그리고 통일신라시대까지	연질/경질 도기 찻사발, 녹황유 찻사발
2. 한국찻사발의 성숙기	고려시대	청자 찻사발
3. 한국찻사발의 황금기	조선시대 초기에서 임진왜란까지	분청 찻사발, 연질백자·백자 찻사발
4. 한국찻사발의 쇠퇴기	임진왜란 이후에서 해방 전후(6.25 포함, 보다 구체적으로는 전통찻사발이 재현되는 1970년대 이후)까지	일본 주문 찻사발, 백자 찻사발
5. 한국찻사발의 복원기	해방 이후 50년대에서 20세기까지	전통 도예의 복원과 시도기
6. 한국찻사발의 부흥기	21세기 현재부터 ~	21세기 우리 찻사발의 출현

찻사발의 발전 과정에서 일본의 영향은 내외적으로 참 절대적이다. 삼국시대 이후 왜구라는 형태로 이루어진 마구잡이식 침탈로부터 현재 선진 차문화라는 문화적 침입에 이르기까지 말이다. 그러나 아직까지도 많은 사람들은 과거에 대한 역사와 사실도 잘 알지 못한 상태로 일본식 문화와 잔재들을 그냥 무의식적으로 따라하거나 받아들이고 있는 실정이다.

명백히 일본은 우리 찻사발과 사발 만드는 장인들을 약탈해 가서 자기들의 차문화와 도자기문화를 일으켰다. 그리고 지금은 스스로 정립된 차문화를 바탕으로 새로운 문화적 침입을 시도하고 있음을 또한 알아야 한다.

신라시대 이후 고려시대, 조선시대에 이르기까지 적어도 지난 1,000여 년에 걸친 끊임없는 수탈과 임진왜란을 통한 국토의 유린과 문화재의 찬탈, 그리고 사기장들의 납치는 분명히 문화적 범죄이다. 그러나 문제는 '우리 자신'이다. '지키지 못한 잘못'이고, '지키지 못한 역사와 문화'였기에 사실 할 말도 없는 실정이다. 지금도 약소국으로서 스스

조선 정호사발(세천)

로 문화적 후진국으로 생각하는 경향이 많다. 더욱 선진 일본의 차문
화를 맹목적으로 추종하고 그들의 말과 글을 그냥 다반사로 사용하고
있는 현실이기에 더 할 말도 없다. 그렇지만 조금 더 냉정하게 생각해
본다면, 지금부터라도 늦지는 않았다는 사실이다. 우리의 역사를 제대
로 알고, 우리의 가치를 제대로 확인하고, 사실대로 정립해 나가면 될
것이기 때문이다.

  사실 문화文化에 있어 다양성多樣性은 있어도 선진국先進國과 후진국
後進國에 대한 구분은 없다. 다만 그 나라와 민족의 고유한 특성이 있을
뿐이다. 그런 점에서 우리는 우리의 소중한 가치를 제대로 알고 제대
로 드러내면 될 일이다. 분명 한국의 찻사발은 우리 민족의 고유한 전
통과 문화적 가치를 지닌 문화유산文化遺産의 결정체이다. 자랑스럽고

떳떳하게 지키고 유지해 가야 할 유산자원遺産資源이다. 그런 측면에서 우리나라 찻사발의 역사를 돌이켜보고 우리의 자부심과 자랑거리를 만들어 나가야 할 사명이 우리에게 있다.

　외국에 나가 보면, 특히 서양사회에 동양사회를 알리는 작업 또한 일본과 중국이 많이 앞서 갔음을 알 수가 있다. 2차 세계대전 이후 50~60년대 서양사회에서 유행한 히피문화의 원류로서 서양에서도 동양에 대한 관심이 증대하였다. 그중의 하나로 동양문화와 명상체계인 선禪 등이 있다. 일본의 규범화된 선적 지식이 명치유신 이후 개화를 통한 선진사회로 진입한 일본인들에 의해 번역되어 서양사회에 전해진다. 선禪이라는 용어도 영어로 Zen이라는 일본말로 서양에 전파된다. 차와 도자기 등도 일본말 그대로 서양에 전해진다. 결국 서양사회에서 한국문화는 없는 가운데 동양문화는 일본문화와 중국문화로 대표되게 된다. 먼저 선점했다는 기득권은 이제 세계화, 표준화라는 규범화 속에서 또 다른 선도적인 작업이 저절로 수행해가는 악순환의 과정이 반복되고 있다. 그리하여 우리에게는 참으로 한탄할 이야기지만, 오늘날 서양사회에 한국韓國, 아니 한국문화韓國文化는 없다. 중국과 일본의 아류亞流, 또는 속국屬國이라는 개념으로 각인될 수밖에 없는 실정이다. 서양사람들에게 중국과 일본과 한국은 비슷한 나라, 비슷한 사람들이다. 우리가 백인들을 보면 미국사람인지 영국사람인지 혼동하듯이 말이다.

　이제부터라도 빨리 우리의 차문화와 우리의 이름을 찾아주는 등 우리 문화를 정립하여야 하고, 더 나아가 이를 국제적으로 알리기 위한 노력도 시작되어야 한다. 그를 위해서는 우선 우리의 차문화와 찻사발에 관한 한국적인 규범화와 보편화가 이루어지고, 그를 바탕으로 세계화로 나아가야 한다. 이미 우리는 중국과 일본보다 백여 년이 늦은 현실이다. 개인적 차원이건 단체적 차원이건 국가적 차원이건 간에 누구부터라도 한발 앞서 시작해야 한다.

갈 길은 멀고 할 일은 많은 실정이니 서로 멀리 보고 다 함께 손잡고 나아갈 때이다.

조선 백자사발(우루)

2. 한국 찻사발 문화론

우리의 전통 찻사발에 대한 새로운 문화 창조를 위해서는 이제부터는 찻사발 자체로서의 존재 가치와 의미 부여가 필요하다. 그동안 일본 중심의 시각에서 벗어나 우리의 시각에서 찻사발을 바라다 봐야 한다. 그러기 위해서 그동안 알고 있는 찻사발에 대한 몇 가지 오해는 짚어 보고 가는 것이 바람직하다.

(1) 잡기론

야나기 무네요시가 주장하는 잡기론의 주 내용은 다음과 같다.

"지금 전해지는 명품 찻사발은 원래 조선의 하찮은 잡기였으나, 일본인들이 이것을 훌륭한 명품 찻사발로 만들었다. 결국 조선인은 찻사발로서의 가치를 몰라서 잡기로 사용하였고, 일본인의 뛰어난 미의식으로 훌륭한 찻사발로 사용하였다." 그러나, 이는 야나기 무네요시의 시각이고, 의견일 뿐이다. 누구든 어떤 생각을 할 수가 있듯이 야나기 무네요시는 그런 생각을 했을 뿐이다. 그것에 대해서 식민사관이란 생각도, 기분나빠 할 필요도 없다. 단지 이제는 명품 찻사발로 존재하고 있으므로, 그 사실 그대로 찻사발로서의 가치를 이해하고, 사용하고, 특화시켜 나가면 된다.

사실 최근 일본과 중국 등은 물론 동남아에서 유행하고 있는 한류 열풍의 원조는 찻사발이라고 볼 수가 있다. 적어도 500년 이상 되는 기간 동안 한 나라의 문화와 역사를 바꾼 한류의 대표적인 상징물이 바로 찻사발이기 때문이다.

일본의 경우 적어도 수백 년 동안 겉으로는 '잡기론雜器論'을 이야기하지만, 실제로는 '숭한론崇韓論'이라고 부를 정도로 한국의 찻사발에 빠졌었다. 이것은 일본사람들의 이중적 태도를 잘 나타내는 구체적인 사례 중의 하나라고 본다. 그런 의미에서 야나기 무네요시는 잡기론을 이야기할 것이 아니라, '명품론'을 이야기하는 것이 더 타당하다. 만일 야나기 무네요시가 보다 한국의 찻사발의 가치에 대한 객관적인 평가를 수행하였다면 다음과 같이 이야기하는 것이 더 바람직한 일이었다고 본다.

"한국의 찻사발은 원래 여러 용도로 사용하였으나, 찻사발로서 더 없이 훌륭하고, 이보다 좋은 명품은 없다"라고 말이다.

그렇지만, 여기에서 우리가 명확히 배워가야 할 사실이 있다. 우리의 선조들이 탄생시킨 훌륭한 유산과 전통을 제대로 이어오지 못했다는 자성이다. 그런 의미에서 잊혀졌던 아름다운 유산과 전통을 되살리고 오늘에 구현하여야 한다는 점에서 야나기 무네요시의 지적은 우리에게 소중한 자극과 격려가 될 수 있다.

조선 정호찻사발(상림)

(2) 막사발론

잡기론의 한 부류로서 마구 사용하는 질이 낮은 거친 사발이라는 뜻으로 막사발이라는 용어를 사용하였다. 청자나 백자에 비교하여 상대적으로 조악한 사발이라는 뜻으로 사용하였으나, 그런 개념이 일부의 사람들에게는 사발 자체의 가치와는 상관없이 마구 대해도 된다거나, 가치가 없다는 의미로 해석되었다고 볼 수가 있다. 아직까지도 부분적으로는 찻사발이라는 용어보다 막사발이라는 용어를 사용하는 경우도 나타나고 있다.

그러나 '경남찻사발축제', '문경찻사발축제' 등과 같이 최근에는 지방자치단체의 축제에서도 찻사발이라는 용어를 사용하는 등 찻사발로서의 가치를 재확인하고 새롭게 평가하고자 하는 노력이 시작되고 있다. 그런 의미에서 막사발론은 사실 막사발로 사용될 가능성이 있다고 볼 수도 있으나, 지금은 찻사발로서 사용하고 있으므로 이제부터는 찻사발로서의 인식과 가치가 제대로 평가되어야 할 시점이라고 본다.

(3) 명칭론

옛 찻사발의 제작 시기와 제작자, 기법, 명칭 등 '잊혀진 과거'를 찾아줘야 한다. 조상들의 정성과 혼이 담긴 유산자원을 우리는 너무 무시하고 있는 것은 아닌지에 대한 반성과 함께 전문가와 도예가, 차인 등을 중심으로 잊혀졌던 옛 찻사발들에 대해 제 이름과 가치를 되찾아주어야 한다. 지금까지의 찻사발에 대한 명칭은 대부분 일본식의 이름을 차용하여 왔다고 볼 수가 있다. 일본에서 사용하는 이름 그대로, 어찌 보면 일본말인 외국어를 그대로 사용하고 있다고 볼 수가 있다. 우리가 만든 찻사발들의 이름을 우리 이름이 아니라 일본 이름으로 부른다는 것은 분명히 잘못된 일이다. 늦게나마 여러 사람들에 의해 우리

조선 녹황유(이라보편신체)사발

식의 이름을 찾아주기 위한 노력이 진행되고 있다는 점은 반가운 일이다. 전문가와 도예가, 그리고 차인들이 모여 보다 적극적인 노력으로 가능한 빨리 잊혀졌던 제 이름을 찾아주려는 결실이 이루어 졌으면 한다. 그런 측면에서 2000년대 이후 각 지방자치단체와 옛그릇 동우회 등에 의하여 우리의 옛 찻사발전 등이 개최되어 재평가하고자 하는 노력은 매우 긍정적인 활동이라고 본다.

　아직도 많은 경우 우리의 옛 찻사발들이 제 이름을 못 찾고 있으므로 이에 대한 보다 많은 관심과 노력이 필요하다고 본다.

(4) 가치론

　우리나라의 중앙박물관에 정호다완(이도사발) 등이 있어도 그 가치가 없어서 전시하지 않는다는 의견이 있다. 가치가 없어서가 아니라, 그에 대한 이해 부족의 문제라고 본다. 사실 18세기까지만 해도 세계에서 정선된, 제대로 된 백자를 만들 수 있는 나라는 우리나라와 중국 등

조선 웅천사발(서왕모)

몇 나라에 지나지 않았다. 적어도 11세기 고려청자 이후 18세기 조선 백자에 이르기까지 수백 년간 도자기에 관한 한 우리나라는 선진국이었고, 우리 고유의 형태와 질감을 이용한 수준 높은 도자기문화를 이루어왔다.

찻사발에 관해서도 천목과 같이 특이한 중국 찻사발과 화려한 일본 찻사발과는 다른 자연스럽고 단순하며 편안한 우리만의 질감과 형태로 매우 수준 높은 찻사발문화를 이루어왔다는 사실이다. 사실 우리의 도자기문화에서 찻사발이 차지하고 있는 부분은 상대적으로 미약한 실정이라고 볼 수 있다. 도자기 전문가 중에서 찻사발 전문가나 차인이 없었고, 차문화가 시대적 문화로 발돋움하지도 못했다. 결국 그로 인해 아직까지도 제대로 된 평가가 이루어지지 못하고 있는 실정이라고 볼 수가 있다. 그 점에서 우리의 차문화와 찻사발에 대한 제대로 된 평가를 위한 노력이 경주되어야 한다.

(5) 문화론

우리나라에는 이미 가루차문화가 소멸되었다거나, 우리나라에서는 가루차문화가 없었다는 주장이다. 그러나 신라시대나 고려시대, 그리고 조선시대에 우리나라에도 가루차문화가 있었으며, 그 맥이 제대로 이어지지 못했다는 점에서 오히려 사라졌다기보다는 잊혀졌다고 보는 것이 더 타당하다. 힘들었던 시기에 어려운 상황에서도 은근과 끈기로서 이루어온 전통적 자산은 마치 옛 전통 도예의 복원으로 전통 도예를 새롭게 일으켰듯이 잠시 잊혀졌던 과거를 되살리려는 새로운 노력으로 가루차문화와 함께 찻사발문화도 함께 부흥하고 활성화 되어야 한다.

(6) 사대론/영향론

우리의 차문화에 대해 매우 비판적인 이야기 중의 하나는 우리의 차문화는 중국차와 일본차의 아류라는 점이다. 결국 그 점은 우리나라에는 차문화가 없다는 주장이고, 더 나아가 지금까지도 중국과 일본의 차문화를 무조건적으로 받아들이고, 중국과 일본을 최고로 지향한다는 사대론으로 귀결된다. 이 점에서 중국과 일본 차문화의 장점을 받아들인다는 점은 긍정적이나, 우리의 차문화가 없다는 사실은 너무 지엽적이고, 부분을 전체로 왜곡하는 것이다. 모든 분야도 그렇지만, 차문화 또한 중국과 일본의 직간접적인 영향을 서로 주고받았으며, 그 바탕 위에서 중국이나 일본의 차문화를 받아들였다고 본다. 서로 영향을 주고받는 건 모든 나라가 같다. 서로의 국가적, 민족적 특성을 잘 살려 나갔다고 보는 것이 더 타당하다.

그런 의미에서 이제는 오늘의 시점에 맞춰 다양성과 특이성을 잘 살려가야 한다. 좋은 점은 서로 잘 살려 받아들이고, 부족한 점은 서로 배우고, 서로 자극하고, 질적인 상생의 관계로 나아가야 한다.

3. 한국 찻사발의 미학

(1) 한국미의 특성

한국의 전통 찻사발이 가지고 있는 아름다움과 가치는 무엇인가? 우리나라의 전통 찻사발의 특성은 무엇인가? 찻사발문화를 공유하고 있는 한국과 중국, 그리고 일본 찻사발의 원형과 특징은 무엇인가? 이에 대한 차이는 곧 한중일 간의 문화적 특성과 예술적 특성, 민족적 특성과도 비슷하다고 본다. 그런 측면에서 한국미에 대한 기본적 연구는 중요한 지표가 될 수 있다. 지난 2005년 "한국의 美를 다시 읽는다"는 12인의 미학자들을 통해 '한국美란 무엇인가'에 대한 지난 100년간의 연구 성과를 총체적으로 재검토하고, 한국미에 대한 논의의 가치와 한계, 과제를 조망하였다. 여기에 나타난 한국의 미에 대해 살펴보면 다음과 같다. [이하의 내용은 권영필 외,《한국의 미를 다시 읽는다》(돌베개, 2005)의 내용을 참조하여 정리한 것이다.]

조선 분청(도도야) 찻사발 뒷면

① 안드레 에카르트(Andre Eckardt, 1884~1971)

한국의 미를 유연함에 숨겨진 고전적 조화, 단순미와 소박한 아름다움이라 파악하였으며, 단순성과 소박성, 그리고 과도한 장식을 피하는 절제를 그 특성으로 보았다. 특히 고려청자의 고귀한 선과 변화가 풍부한 형식, 억제된 장식에 대한 섬세한 감각, 품위있는 절제 및 훌륭한 기술이 두드러지며, 고려청자의 독자성으로 장식의 사용에 유례없는 절도, 고전적인 양식의 완전함과 표현의 다양성, 고도의 기술적 완성도 등을 강조하였다.

② 고유섭(高裕燮, 1905~1944)

'자연', '예술', '인간'의 결합상태로서 한국 미술의 미적 특질을 모순의 적요한 유모어, 구수한 큰 맛이라 나타냈으며, 한국미의 전통적 성격으로 무기교의 기교, 민예적인 것, 비정제성, 적조미, 적요한 유모어, 어른 같은 아해, 비균제성, 무관심성 등으로 나타냈다. 청자와 백자는 허무의 세계에서 만들어진 것으로 집착된 곳이 없는 마음의 소산이라고 하였다.

③ 야나기 무네요시(柳宗悅, 1889~1961)

우연히 청화백자를 구입한 뒤 한국 미술에 관심을 가졌다 하며, 애상미, 비애미, 위엄의 미, 의지의 미, 천연과 인공의 조화, 선의 미와 추의 미의 결합, 정의 예술, 친근함의 예술 등으로 한국미의 의식을 표현했으며, 한국의 조형물에서 무엇보다 선적인 요소가 두드러지며, 중국의 강대하고 태연한 형태, 일본의 현란한 색채에 비해, 선적인 아름다움이야 말로 한국 예술의 두드러진 조형적 특성으로서, 이와 같은 선의 미, 백색의 미를 통해 한국미의 특성을 비애의 미로 파악하는 '비애미론'을 주장하였다. 그중에서도 기자에몬 이도에 대해 '세상에 가장 단순한 다완이며, 이보다 더 평이한 기물은 없을 것이다. 극히 평범한 모습이다. 이것은 조선의 밥공기이다. 그것도 가난한 사람들이 보통 사용했던 공기이다. 완전히 조잡한 것이다. 누구나 만들 수 있는 것, 누구나 만들었던 것, 그 지방 어디에서나 구할 수 있는 것, 언제나 살 수 있는 것, 그것이 이 다완이 지니고 있는 성질 자체이다'라고 하였다.

④ 김용준(金瑢俊, 1904~1967)

서양의 유물주의와 동양의 정신주의로 규정하며, 경주와 개성 지역의 출토품을 바탕으로 '정려교절한 미술공예품, 정려섬세한 선조와 아담풍부한 색채'임을 주장하였다. 그리하여 우리나라의 아름다움을 마르고 맑은 고담枯淡, 맑고 산뜻한 청아淸雅, 여유와 우아한 한아閑雅, 그리고 유장함과 여유의 장한의 정신요소임을 주장하였다.

⑤ 윤희순(尹喜淳, 1902~1947)

조화통일, 원만극치, 웅건, 우미, 신비와 같은 특성에서 나오는 청초함과 구성적 미감임을 주장하였다. 그중에서도 고려청자 상감에 대해 '가장 한국스런 것으로서 그 수법이 유례가 없는 독창적인 것이었고, 우수한 공예미를 나타냈으며, 고려의 비색翡色은 조선의 가을 하늘과 같이 청초하고도 맑고 빛나는 신비로운 빛깔로서 청정무구이다'라고 표현하였다.

⑥ 세키노 타다시(關野貞, 1867~1935)

일제강점기 조선고적조사사업을 통해 《조선고적도보》를 발간하며, 조선은 항상 강국 사이에 싸여 사대주의를 받들었으므로 미술에는 독창적인 정채가 결핍되고, 시종 중국 예술의 모방에 빠져있다고 하면서 일반으로 문약해서 웅대호건의 풍이 결핍된 결과, 미술도 역시 소규모이고, 섬교화욕纖巧華縟의 폐단이 있다고 주장하였다.

⑦ 에블린 맥퀸(Evelyn McCune, 생년미상)

맥킨-라이샤워표기법의 주인공으로서 내핍耐乏에서 발원한 선과 형태의 미에서 한국미의 특성을 찾았다. 한중일 삼국의 문화 교류에 주목하여 중국의 영향 아래 생산된 한국의 문화와 이에 대한 모방으로서 일본 미술을 주장하였다.

⑧ 디트리히 젝켈(Dietrich Seckel, 1910~)

역사적으로 중국의 영향을 크게 받았지만, 이를 소화하고 다듬어 새로운 조형적 규칙들을 창조해 갔다고 하였으며, 고려청자에서의 선과 형의 한국미를 읽어냈고, 조선회화에서 중국회화와는 대비되는 힘찬 양식상의 모험이 시도되고 있으며, 이와 같은 즉흥적이고도 시원한 활력이 한국예술의 묘미라고 하였다. 신라토기는 자제력과 뚜렷함, 정제된 조각성과 양적 부피를 느끼게 하며, 장식문양에 대해서는 도식화와 추상성이 동시에 보인다고 지적하였다. 또한 조선의 분청사기가 일본인의 다도에 심오한 미적 감각을 일깨워줬는지에 대해서 완벽한 기술에만 의존하지 않고, 즉흥적이고도 시원한 활력소 같은 에너지가 중점이었기 때문이라고 하였다. 고려청자의 독자적 특성으로 고도의 심미안과 높은 수준의 세련된 미감이 반영되었으며, 분청사기는 소박한 미감으로 사람을 매료시키며 대담한 필치가 일본 다기에 큰 영향을 미쳤음을 지적하고 있다.

⑨ **최순우**(崔淳雨, 1916~1984)

우리 미술에는 소박과 정숙과 아취가 깃들인 선의에 가득찬 의젓한 아름다움이 담뿍 실려져 있으며, 중국의 권위와 형식과 존대와 완성에서 오는 장중미와 다르고, 일본의 상냥하고 경쾌롭고 간지러운 아름다움과도 구별된다고 하였다. 또한 한국 미술은 찬란하기보다는 겸허의 미이며, 다채롭기보다는 간소미가 특색이고, 정적인 아름다움으로 기교를 넘어선 소박한 아름다움으로 소탈한 멋이 특색이라는 '소박미론'을 주장하였다. 도자기에 대해서도 백자 달항아리에 대해 오직 흰색으로만 구워낸 흰 빛의 변화와 그 어리숙하게 둥근 맛의 대견함, 이 어리숙하면서도 순진한 아름다움은 계산을 초월한 천연스러운 아름다움이라고 하였다.

분청사기의 때로는 지지리 못생긴 듯 싶으면서도 바로 보면 비길 곳이 없는 태연하고도 자연스러운 둥근 맛, 그 속에서 분청이 지니는 잘생긴 얼굴을 바라보게 된다고도 하였다. 추상화된 문양에 대해 무늬가 지닌 새로운 감각은 20세기 서양의 현대회화와도 공통된 멋으로서 파울 클레나 앙리 마티스의 소묘와도 비교될 수 있다고도 보았으며, 이러한 추상무늬는 도공이 생각나는 대로 그리고 흥겹게 찍은 선과 점이 어울려서 쾌적하고도 근대적인 미의 화음을 유려하게 울려주고 있다고 했다. 이와 같이 무심스럽고 어리숙한 둥근 맛, 풍아의 멋이 한국미임을 강조하고 있다.

⑩ **김원용**(金元龍, 1922~1993)

맑은 하늘, 부드러운 산수 속에 살고 있는 사람들의 미가 곧 한국미의 세계이고, 자연의 미가 바로 한국의 미라고 보았다. 미추美醜를 인식하기 이전, 미추의 세계를 완전이탈한 미가 자연의 미이며, 한국의 미에는 이러한 미 이전의 미가 있다는 것이다. 한국미술의 기본적인 공통성은 '대상을 있는 그대로 파악 재현하려는 자연주의요, 철저한 아我의 배제'로서 자연의 조화를 그대로 받아들여서 재현하는 것으로서 무의식중에 자연이 만들어 낸 것과 같은 조화와 평형을 탄생시키는 모양이라고 하였다.

⑪ **조요한**(趙要翰, 1926~2002)

한국 예술이 중국의 영향을 많이 받았으나, 그것을 그대로 모방한 것이 아니라, 언제나 한 발짝 더 나아가 독창적인 것으로 발전시켰다고 보았다. 한국미에 대한 주장자들이 한국미의 원리를 한국미는 비애의 미, 멋, 자연주의, 대담성, 자유분방함 등과 같이 어느 하나의 개념으로 일원적 관점에서 조명하였으나, 조요한은 한국 예술의 성격은 '비균제성非均齊性'과 '자연순응성自然順應性'이라는 두 개의 축으로 규정하고, 양자의 원리가 역사적으로 공존하면서 서로 보완해 간다고 보았다. 비균제성은 북방유목민의 삶 속에서 형성된 무교적 영향에서 유래되며, 자연순응성은 남방의 농경문화에서 유래한 것으로 지모신을 섬기면서 형성된 자연신의 숭배에 따라 항상 자연을 주격으로 생각하는 가치관의 발로라고 하였다. 이러한 토대에서 '신바람'과 '질박미'라고 하는 한국 예술의 양대 특성이 형성된다. 한국의 정원미를 중국 및 일본과 비교하면, 중국정원처럼 인공에 의해 창조하는 것도 아니고 일본정원처럼 자연을 주택의 마당에 끌어들여 주인행세를 하는 것도 아니며, 한국정원의 이상은 소박함으로 돌아가는 것이라고 하였다. 이처럼 한국미의 세계는 노자의 '소박한 상태로 돌아가는 것[復歸於樸]'으로 그것이야말로 위대한 자연미를 실현하는 것이라고 하였다.

비균제성	북방유목문화	무교적	신바람	소박한 상태로 돌아가는 것 [復歸於樸]
자연순응성	남방농경문화	지모신/자연신숭배	질박미	

이와 같이 저마다 한국미의 특성을 기술하였다. 아직 한국미의 정의는 진행형이라고 볼 수밖에 없다. 그렇지만 공통적으로 인정하는 것은 한국의 미는 가공하지 않은 자연 그대로의 미로서 기본적인 특성은 자연성, 단순성, 소박성, 절제성, 조화성, 통일성 등을 포함하고 있는 종합적인 개념으로 이해하는 것이 바람직하다.

참고자료 2(찻사발론)

이도사발[井戸茶碗]의 환상에서 벗어나자.

1. 이도사발의 의미와 가치

지금부터 500년(?)을 전후한 시기에 한국 사발의 한 핵(核)이 되는 사발 하나가 나타나게 된다. 일명 일본인들이 이도사발(井戸茶碗)이라 부르고, 우리나라 사람들은 아직 그 이름조차 못 찾아주고 있는 사발이다. 아니 웅천사발, 진주사발, 하동사발 등 여러 가지 이름을 붙여주고 있는 사발이 등장하게 된다. 하여간 이도는 일본으로 건너가 지금 현재 그중의 몇은 일본의 국보가 되고, 중요문화재가 되는 등, 일본문화(日本文化)의 흐름을 바꾸게 되는 귀중한 존재가 된다. 일본 차문화의 정수에는 이도사발로 표출되는 미학(美學)이 있다. 그리하여 오늘날 일본뿐만이 아니라 현재의 한국의 많은 전통도예가(傳統陶藝家)들이 이도를 재현하고자 노력하고 있다.

아마도 전통 장작가마를 하는 도예가치고 이도에 관심을 갖고 있지 않은 사람은 거의 없다고 할 수 있다. 이도가 오늘날 한국 전통가마의 기본적인 화두라 해도 과언이 아닐 정도로 말이다. 그러다 보니 가끔씩은 이도를 재현했다는 언론보도가 확대 재생산되고, 재현한 이도를 일본의 유명 차 가문의 징표로 확인받는 경우도 생기고 있다. 또한 많은 도예가들이 그것을 자랑하고 있는 실정이기도 하다.

그렇다면 지금의 이 시점에서 우리에게 이도는 무엇이며, 왜 이도의 재현에 모든 것을 걸고 있는 것인가에 대한 근원적인 요인을 한 번 살펴볼 필요성이 있다.

오늘날 한국의 도예계는 전통과 미래라는 큰 소용돌이 속에서 저마다의 장점을 살리는 다양한 시대에 들어서고 있다. 일면은 전통을 강조하고 재현을 내세우고 있으며, 일면은 새로운 변화로서 제 모습을 찾아야 한다는 자성의 목소리가 있다. 이도의 경우에도 너무 많은 혼란과 정보가 교차되고 있다.

지금 이도를 재현하는 많은 도예가나, 그것을 애호하는 차인들은 왜 이도를 좋아하는 것인가? 그냥 좋아서, 아니면 일본에서 매우 큰 대접을 받으니까……. 이와 같이 이도에 대한 집착이라고 할 정도의 애착은 현실적으로는 일본의 차문화(茶文化)가 만들어 놓은 신격화된 존재 가치, 아니면 경제적 가치에 있다고 볼 수가 있다. 그 점은 내용의 본질과 관계없이 외형만을 탐닉하는 한 잔재라고 볼 수도 있다.

여기에서 우리는 이도사발의 본질은 한국인의 심성(心性)의 산물로서 자연스러운 멋과 맛을 그냥 그대로 드러내고 있음을 알아야 한다. 그리고 우리의 자연(自然)처럼, 우리네의 정서(情緒)처럼, 그 형태와 질감이 담백하고 고졸하다는 사발 자체의 특성을 이해하여야 한다. 이와 같이 이도 그 자체를 진정으로 체득하고 좋아한다면 정말 좋은 일이다. 그러나 안타깝게도 많은 경우 이도를 만드는 도예가나 이도를 애호하는 차인들이나 현실적으로 그렇지 못하다는 점이다. 대부분 외형적으로 드러난, 이도의 겉모습만을 보고 좋아하는 경향이 많다는 사실이다.

2. 이도사발에 대한 주요 관심과 과제

최근 몇 년을 전후해서 사발에 대한 관심이 매우 높아지고 있는 실정이다. 특히 이도에 대한 관심은 상대적으로 그 이전과 비교하여 폭발적이라 할 정도이다. 그러나 우리는 우리의 도예문화가 어디로 가고 있는지를 다시 확인해 보면서, 지금 이도가 차지하고 있는 비중에 대하여 재고해 봐야 할 시점인 것 같다. 그동안 우리는 이도에 대해 너무 신비화하는 경우가 있으며, 지금 시점에서의 이도에 대한 관심은 오히려 지나친 경우가 있다는 점이다. 그리고 맹목적으로 추종하는 경우도 많은 것 같다. 현재 이도는 이도의 특성과 가치에 대한 제대로 된 논의나 그 어떤 고고학적, 도예학적 토대가 정립도 안 된 상태에서 너무 많은 설(說)들이 오히려 많은 사람들을 혼란스럽게 하고 있다.

그에 대한 몇 가지를 살펴보면 다음과 같다.

첫째는 이도의 본질적 가치(本質的 價値)에 대한 개념 정립이다. 이도 자체가 가지고 있는 명품(名品)으로서의 가치 문제이자, 이도 그 자체로서의 평가 문제이다. 지금까지 이도는 이도 그 자체로서의 평가도 없진 않았지만, 일본문화의 한 중추로서 이도로 창조된 문화적 배경도 많다. 그러기에 지금의 이 시점에서라도 이도 그 자체(自體)가 가지고 있는 명품(名品)으로서의 본질적 가치와 그에 대한 온전한 평가가 이루어져야 한다. 그리고 그것을 바탕으로 한 한국문화의 한 중심으로서의 회귀(回歸)가 필요한 것 같다.

둘째는 이도에 대한 용어(用語)의 정리이다. 그냥 일본에서 쓰는 대로 이도로 할 것인지, 아니면 도예가들이나 차인들의 합리적인 결정에 의해서 적절한 이름을 붙여 줄 때도 되었다. 가장 확실한 건 이도에 대한 고고학적 자료를 확인하고 정립하는 방법이다. 그러나 그것이 단기간에 될 일이 아니라면, 관심있는 분들의 충분한 토의와 고민을 통하여 이도에 대한 우리의 이름을 찾아주는 것도 좋을 것 같다.

이도의 이름과 관련하여 우스운 이야기가 있다. 사발에 관심있는 몇몇 사람들이 모여 이도에 대한 이야기를 나눈 적이 있다. 진주사발이니 하동사발이니 웅천사발이니 하는 주장이 나왔다. 그리하여 그것을 가만히 듣고 있다가 다들 지명으로 하고, 아직 구체적으로 확인되지 않았으니, 그 지명(地名)들을 다 포함하는 경상사발로 하는 것이 어떻겠냐고 하였다. 아니면, 그 시대가 조선(朝鮮)이고, 조선시대를 상징하는 대표 사발이니 조선사발[朝鮮茶碗]로 하는 것이 어떻겠냐고 말이다.

셋째는 이도의 용도(用途)에 대한 문제이다. 이도의 용도가 찻사발[茶碗]인지 제기(祭器)인지 잡기(雜器)인지 발우(鉢盂)인지 등에 대한 여러 의견이 다양하게 제기되고 있다. 그렇지만 이 문제도 아직까지 확실한 결론이 나지 않았다. 저마다의 주장을 가지고 이야기하지만, 아직 그 어떤 것도 확인된 것은 없다. 그리하여 이제는 자기주장만을 할 것이 아니라, 과학적으로 검증하는 것이 필요하다.

넷째는 이도의 제작과 관련된 기술적 측면(技術的 側面)에 대한 문제이다. 이도의 재료(소지와 유약), 소성기법 등 이도의 다양한 특성에 대한 기술적 문제이다. 이 문제도 사발을 직접 만드는 도예가마다 저마다의 주장이 참 많은 것 같다. 소지로부터 소성기법에 이르기까지 저마다 자기식대로의 다양한 의견을 내놓고 있다. 그러나 아직 그 어떤 것도 기술적으로나 학문적으로 정립된 사실은 없다는 점이다.

그렇다면 여기에서 우리는 그 어떤 것도 제대로 검증되지 않은 상태에서 서로 피상적인 외형만의 내용을 가지고 서로 다투고 있다는 점이다. 단 하나 공통되는 현상은 저마다 이도에 대한 느낌이 있고, 생각이 있다는 점이다. 그러나 그 모든 것이 통합되어 하나의 의견으로 정리되지 않고 있는 현실을 마주하게 된다는 점이다.

이것이 21세기 우리의 현실이고, 아직까지도 우리 모두가 이도에 대한 맹목적인 환상 속에서 헤매고 있다는 점이다. 그렇기에 21세기 한국의 도예계와 차계, 그리고 고고학계는 함께 해야 할 일이 있다. 우선은 이도에게 제대로 된 이름이라도 붙여주자는 것이다.

3. 이 시대 자기만의 사발을 바라며

마지막으로 이도를 재현하는 도예가들에게 이야기하고 싶다. 과거의 이도라는 환상에서 벗어나 이제는 자기만의 이도를 만들라고 말이다. 과거의 이도를 만들지 말고, 지금 자신만의 사발을 만들라는 것이다. 오늘날 전래하는 과거의 이도는 실상은 과거의 이도이지 지금의 이도는 분명히 아니다. 그러나 아직도 많은 사람들이 과거의 이도를 가지고 지금의 이도와 비교하고 있다. 우리의 자연적인 형태와 질감을 가지는 이 시대의 사발을 만들고자 한다면, 이도의 느낌과 질감을 바탕으로 한 자기만의 사발을 만드는 것이 바람직하다는 점이다.

지난 수십 년간 이도를 좋아하는 한 사람으로서 수십여 곳의 전통가마와 전시회를 통해 이도를 보아 왔다. 그러나 과거의 이도는 없었다고 본다. 과거의 유명한 이도와 형태도, 질감도, 전처리도, 굽처리도, 같은 것은 없었다. 단지 그럴려고 노력하는, 그렇다고 주장하는 도예가들만 있었다.

엄밀하게 보면, 지금의 이 시점에서 과거의 이도를 만든다는 것은 모조품을 만드는 것일 수도 있다. 그렇다면 오히려 그 기술적 노하우와 정력을 가지고, 이 시대 자기만의 명품을 만드는 데 공헌하는 것이 더욱 더 바람직하다는 점이다.

그리하여 다시금 지금도 이도의 재현을 위해 밤낮으로 노력하는 도예가들에게 부탁드리고 싶다. "이도의 환상에서 벗어나서, 이제는 자기만의 사발을 만들라"고.

"자기만의 느낌과 특성을 가진 이 시대의 사발을 만들어가라"고.

그리하여 "이제부터는 이도 또는 더 나아가 전통 도예의 재현이라는 환상에서 벗어나 이 시대의 새로운 도예문화(陶藝文化)를 창출(創出)시켜 가라"고.

연구과제

1. 우리나라 찻사발의 역사와 종류

2. 찻사발의 종류와 특성

3. 가야/신라시대의 찻사발

4. 고려시대의 찻사발

5. 조선시대의 찻사발

6. 한국찻사발의 역사와 발전과정

7. 정호찻사발의 특성과 미학

8. 한국찻사발 문화론

9. 한국찻사발의 미학

10. 20세기 한국의 찻사발

11. 한중일 찻사발의 종류와 특성 비교

12. 21세기 한국의 찻사발

법관스님, 〈사발〉

제6장

한국의 차도구 도예가

제6장

한국의 차도구 도예가

　　20세기와 21세기에 활동했던 도예가 중 전통 장작가마를 운영하고 있는 대가와 중진, 그리고 신진 63명의 차도구 도예가를 중심으로 우리나라 차도구 현황을 개략적으로 소개하고자 한다. 여기에 소개하는 작가들은 대부분 가마를 직접 답사하거나 전시회 등의 자료를 중심으로 정리하였으며, 형편상 아직 제대로 정리하지 못한 도예가들은 추후 보완하기로 한다. 주요 차도구 도예가들의 목록은 다음과 같다.

〈표〉 한국의 차도구 도예가

일번	가마 이름	작가(출생연도)	주 소	연락처	홈페이지
1	해강요 (海剛窯)	故유근형 (柳根瀅, 1894~1993)	경기도 이천시	031-634-2266	-
2	고려도요 (高麗陶窯)	故지순탁 (池順鐸, 1912~1993)	경기도 이천시 수광리	-	-

일번	가마 이름	작가(출생연도)	주 소	연락처	홈페이지
3	신정희요 (申正熙窯)	故신정희 (申正熙, 1930~2007)	경남 양산시 하북면 평산마을길 114	055-382-6616	-
4	이조요 (李朝窯)	故홍재표 (洪在杓, 1932~2011)	경기도 이천시	-	-
5	문경요 (聞慶窯)	故천한봉 (千漢鳳, 1933~2021)	경북 문경시 문경읍 당포리 137-1	054-572-3090	-
6	상주요 (常州窯)	故김윤태 (金允泰, 1936~2012)	부산시 기장군 일광면 원리 421-1	-	-
7	영남요 (嶺南窯)	김정옥 (金正玉, 1942~)	경북 문경시 문경읍 새재로 579	054-571-0901	www.backsan- kimjungok.com
8	산청요 (山淸窯)	민영기 (閔永麒, 1947~)	경상남도 산청군 단성 면 강누방목로 499번 길 106-5	010-4842-6962	-
9	속리산방 (俗離山房)	故송충효 (宋忠孝, 1944~)	제주시 오남로 7-13 (도남동 도남1차 e-편한 세상 110-102)	-	-
10	도곡요 (陶谷窯)	정점교 (鄭点敎, 1951~)	경북 영천시 임고면 선원리 202	010-4528-2223	http://dogokyo. com/
11	우송움막	故김대희 (1952~2013)	경기도 이천시 신둔면 용면리 410	031-637-7116	-
12	일송요 (一松窯)	황동구 (黃東球, 1952~)	경상남도 고성군 하이 면 봉현리 380	055-835-8745	-
13		권대섭 (權大燮, 1952~)	경기도 광주시	-	
14	.신현철 도예연구소	신현철 (1954~)	경기 광주시 도척면 마도로 123-16	010-9471-1004	www.shcceramic. com
15	주흘요 (主屹窯)	이정환 (李廷環, 1954~)	경북 문경시 문경읍 새재로 590-3	054-571-2368	-
16	명전요	이복규	경북 청도군 각북면 금 천리 오산 3길 39-7	010-3809-3941	-
17	만우도예 (萬遇陶藝)	윤태완 (尹泰完, 1955~)	경남 밀양시 하남읍 백산로 267-24	010-3883-3431	-
18	우곡요 (牛谷窯)	이종태 (李鐘泰, 1955~)	경남 밀양시 삼랑진읍 만어로 370	010-4572-6645	-
19	웅천요 (熊川窯)	최웅택 (1957~)	경남 창원시 진해구 가주로 147번길	010-4580-5917	-

일번	가마 이름	작가(출생연도)	주 소	연락처	홈페이지
20	미교다물요 (美敎多勿窯)	정민호 (鄭珉浩, 1957~)	경남 김해시 진례면 고 모리 442번길 25-13	010-3847-6125	-
21	가평요	김시영 (1957~)	강원도 홍천군 서면 길 곡길 29	033-434-2544	-
22	지암요 (志岩窯)	안홍관 (安洪官, 1957~)	경남 김해시 생림면 봉 림로 98번길 31-25	010-3878-3389	-
23	매곡요 (梅谷窯)	우동진 (禹東振, 1958~)	경남 양산시 매곡4길 36	010-4590-1220	-
24	밝달가마	여상명	경남 합천군 가야면 치 인4길 434-24	010-5548-2805	-
25	언양요	김춘헌 (1959~)	산광역시 울주군 상북 면 덕현리 산 209-1	010-4738-8681	-
26	가야비파 구룡요	故김남진 (1960~)	경남 사천시 사남면 화 전리 963-3	055-855-3318	-
27	삼동요	이인기	울산광역시 울주군 삼 동면 참샘길 16-13	010-7450-4188	-
28	죽연도요 (竹淵道藝)	서영기 (1961~)	충북 단양군 대강면 방 곡리	010-4436-9921	-
29	밀양요 (密陽窯)	김창욱 (金昌郁, 1962~)	경상남도 밀양시 부북 면 위양리 411-9	055-355-4110	-
30	왕방요 (旺方窯)	신용균 (申容均, 1962~)	울산광역시 울주군 삼 동면 출강왕방길 122	052-264-9824	-
31	조일요 (무日窯)	정재효 (鄭再孝, 1963~)	울산광역시 울주군 삼 동면 삼동리 237-16	052-264-3851	-
32	장안요 (長安窯)	신경균 (1964~)	부산광역시 기장군 장 안읍 하장안1길 24	-	-
33	지랑요 (旨郎窯)	신봉균 (1964~)	울산광역시 울주군 삼 동면 아까지실길 12-6	010-3875-2721	-
34	토야요 (土也窯)	송승화 (1965~)	경남 밀양시 초동면 금 포리 244-8	010-4609-7660	-
35	김해요 (金海窯)	김경수 (金敬洙, 1966~)	경남 김해시 생림면 안 양로 308-19	010-5331-1478	-
36	하빈요	이명균 (1966~)	경기도 여주시 웅골로 294-11	050-7139-9471	-
37	서동요	박종일 (朴鍾一)	경주시 산내면 감산2 리 2278번지	010-3673-9326	http://seodongyo. com

일번	가마 이름	작가(출생연도)	주소	연락처	홈페이지
38	산내요 (山內窯)	김성철 (金聖哲)	경북 경주시 산내면 감산리 1665-2	010-2815-8198	-
39	청마도예 연구소	유태근 (1965~)	경북 문경시 마성면 구량로 228-5	010-2104-7228	-
40	청봉요 (靑峯窯)	장기덕 (張基德 1966~)	경남 밀양시 단장면 표충로 186-31	010-2842-5592	-
41	포일요 (抱一窯)	윤창민 (1966~)	경남 밀양시 산내면 임교6길 120	010-5030-4141	-
42	보성요 (寶城窯)	송기진 (宋基珍)	경남 보성군 회천면 영천리 153-1	010-2602-1387	-
43	정호요 (井戶窯)	임만재 (林萬宰, 1969~)	경남 김해시 한림면 김해대로927번길 137	010-3882-2612	-
44	심곡요	안주현 (1969~)	경남 산청군 신안면 문익점로 69	010-6779-5526	-
45	효석요	유대원	경남 하동군 악양면 매계리 971-1	055-884-1970	-
46	관음요 (觀音窯)	김선식 (金善植, 1971~)	경북 문경시 문경읍 하리 367-2	010-3548-2549	-
47	진주요	홍성선	경남 하동군 고전면 명교로 31-2	010-3227-9114	-
48	관문요 (觀門窯)	김종필 (1972~)	경북 문경시 문경읍 화계1길 83	054-572-3931	-
49	문경요 (聞慶窯)	천경희 (千慶熙, 1972~)	경북 문경시 문경읍 당포리 137-1(당포리)	010-5015-2871	-
50	구천요 (九川窯)	구진인 (1970~)	경남 밀양시 단장면 도래재로 38-6	010-5891-8045	-
51	이경훈 도요	이경훈	경남 하동군 금남면 대치리 365-1	055-884-1128	-
52	명작도예 (名作陶藝)	김기환	경남 창원시 의창구 동읍 신방로 354	055-292-4393	-
53	가은요 (加恩窯)	박연태 (朴然太)	경북 문경시 가은읍 모래실길 28-51	070-8850-1242	-
54	설우요	김종훈	경기도 여주시 대신면 초현리 32	010-3773-8325	-
55	백암요 (白岩窯)	박승일 (朴承一 1972~)	경북 경주시 남산예길 75	010-4181-1909	-

일번	가마 이름	작가(출생연도)	주소	연락처	홈페이지
56	진곡도예	황승욱	경북 청도군 금천면 소천신당길 42–17	010–6460–9812	–
57	단장요	강영준 (1975~)	경남 밀양시 단장면 표충로 156–35	010–4347–6277	–
58	밀성요	이승백 (1975~)	경남 밀양시 무안면 정곡2리 18	010–2887–0102	–
59	경주요 (慶州窯)	김태훈 (1976~)	경북 경주시 천북면 물천안길 11	010–2528–8962	–
60	청학도방	송춘호	경북 경주시 건천읍 선동길 88–9	010–4507–6249	–
61	도계요	강준호 (1978~)	경북 경주시 내남면 박달로 263	010–2521–8033	–
62	무안요	강경찬	경남 밀양시 무안면 양효리 340	010–6389–4514	–
63	소랑요	권혁문	경남 양산시 하북면 삼덕1길 25	010–4544–4593	–

1. 해강요 故 유근형 선생

해강요 유근형 선생은 20세기 한국의 전통 도예를 복원한 대표적인 도예가이다. 지순택 선생 등과 함께 전통 도예의 큰 물길을 열어준 분이다. 해강요의 작품은 고려청자의 여러 형태들을 재현하였고, 그 완성도가 높다.

해강요 청자사발

2. 고려도요 故 지순택 선생

　고려도요 지순택 선생은 집안에 소장하고 있는 골동품에 관심을 갖고 한국의 전통 도예를 복원한 대표적인 도예가로서 전통 도예의 깊이있는 질감과 무게있는 형태를 잘 재현한 도예가이다. 지순택 선생의 작품에는 청자, 백자, 분청, 흑유 등으로 만든 사발과 잔 등이 있다.

고려도요 흑유사발

3. 신정희요 故 신정희 선생

신정희 선생은 한국 차도구 1세대를 대표하는 전통 도예가로서 사금파리 조각을 계기로 한국 전통 도예를 선도해간 대표적인 도예가이다. 신정희 선생은 특유의 깊이있는 안목을 갖고 완성도 높은 질감을 만들어냈으며, 정호형 사발과 다기세트, 분인 다기세트와 사발, 진사 다기세트와 사발, 그리고 항아리 등이 좋다. 신한균(신정희요), 신용균(왕방요), 신경균(장안요), 신봉균(지랑요) 네 아들이 가업을 이어가고 있고 조일요 등 제자들도 양성하는 등 한국의 차도구 일가를 이루고 있다.

(위) 신정희요 진사사발
(아래) 신정희요 분인사발

신정희요 분인사발

신정희요 흑유찻잔

신정희요 덤벙숙우

신정희요 이도다관

신정희요 덤벙 분인다기세트

신정희요 덤벙 분인다기세트

4. 이조요 故 홍재표 선생

이조요 홍재표 선생은 이 시대의 장인이자 이 시대를 대표하는 원로 도예가로서 진정한 로맨스그레이이다. 걸림없이 멋스럽게 스스로의 도자기를 만들어 내고 있으며, 특히 진사 다기세트와 사발, 그리고 항아리 등이 좋다.

이조요 사발

이조요 진사항아리

이조요 진사주병

이조요 진사주병

5. 문경요 故 천한봉 선생

문경요 천한봉 선생은 차도구 1세대를 대표하는 도예가로서 진솔하고 담박하며, 대가이면서도 가격도 적정한 이 시대의 장인이다. 최근 현대 찻사발의 본향으로 대두되고 있는 문경을 대표하는 도예가이기도 하다. 문경요의 차도구는 무엇보다 세련된 형태와 질감이 좋다. 적어도 50년 이상을 도예의 길로 일로매진해 온 대가의 분위기를 확연하게 느낄 수가 있어 좋다. 문경요의 차도구는 잎차 다기세트의 경우 분청사기 5인용 다기세트(도도야, 홍엽, 분)가 좋고, 찻사발은 도도야, 김해찻사발 등이 좋다. 항시 웃음 어린 얼굴로 차인들을 반기는 모습처럼, 문경요의 차도구는 편안하다. 군더더기가 없는 원숙함이 천한봉 선생 모습 그대로이다.

문경요 도도야사발

문경요 웅천사발

문경요 다기세트

문경요 다기세트

6. 상주요 故 김윤태 선생

상주요 김윤태 선생은 1세대를 대표하는 도예가로서 세련된 형태와 원숙한 질감미가 좋은 도예가이다. 정호사발과 웅천사발 등 여러 종류의 사발들이 좋다.

(상) 상주요 정호사발
(중) 상주요 사발
(하) 상주요 연리문사발

7. 영남요 김정옥 선생

영남요 김정옥 선생은 문경 도예의 큰 원류로서 우리나라 중요무형
문화재 제105호로서 문경 도예의 전통을 잇고 있는 전통 도예가이다.
조선요, 관음요 등과 함께 문경 도예가문을 이끌고 있는 우리나라의
대표적인 도예가이다. 특히 청화백자와 계룡산사발 등이 좋다.

(상) 영남요 계룡산사발
(중) 영남요 청화백자 주전자
(하) 영남요 청화백자 다기세트

8. 산청요 민영기 선생

　산청요 민영기 선생은 한국 찻사발의 품격미를 돋보이게 하여 한국을 대표하는 도예가이다. 차도구 중 특히 도도야찻사발과 정호찻사발은 독보적이라고 할 수가 있다. '찻사발을 만들고자 한다면 적어도 10만 개는 만들어 봐야 제대로 된 사발을 만들 수 있다'는 민영기 선생의 말이 생각난다. 그만큼의 정성과 노력의 자연스런 결과가 바로 찻사발인 것 같다.

　1973년 문화공보부 추천으로 일본에 유학하여 일본의 대표 도예가인 나카자토타로에몬[中里太郎右衛門]선생에게 사사하였고, 동경국립박물관 도예실장인 하야시야 세이조[林屋晴三] 선생과 정양모 관장에게 지도를 받아 본격적인 다완을 연구하였다. 호소가와 전 일본 총리도 산청요를 방문하여 작업하고 갔으며, 감촉이 좋은 멋진 도도야를 찬탄하였고, 민영기 선생의 겸허하고 성실한 인간성에 호감을 가졌다.

　민영기 선생은 "신이 허락한 시간은 도자기 작업을 위한 시간이라는 일념으로 작업하며 살아왔다. 일본에서 5년 동안 도자기 기술을 배웠고 그 와중에서 고려, 조선 도자기의 우수성을 알게 되었고, 그것은 오랜 세월 동안 발전되면서 만들어지고, 그것을 이루기 위해서는 적합한 환경이 필수조건임을 알게 돼서 귀국 후 우리의 흙과 물과 불로 우리의 도자기를 만들어야 겠다는 생각으로 작업을 하고 있다"고 했다.

　산청요는 15, 16세기의 도요지 터로서 뒤로는 웅석산이 자리하고, 앞으로는 경호강이 흐르는 곳에 자리를 잡고 분청사기와 찻사발의 재현에 일로매진해 왔다.

　1990년 당시 동경국립박물관 도예실장이었던 하야시야 선생이 "열심히 해서 일본인이 못 만드는 찻사발을 만들면 도쿄에서 전시회를 열

어주겠다"고 해서 23년 만에 일본에서 첫 찻사발 전시회를 개최하였
는데, "일본에는 이렇게 만들 사람이 없다"는 호평을 할 때 선생은 "이
한마디를 듣기 위해 이렇게 고생했구나" 하는 생각이 들었다고 한다.

일본에서 찻사발은 신이 만든 그릇이라 할 만큼 그 가치를 부여하고
있다. 그만큼 우리의 찻사발과 분청사기에는 우리의 혼과 기가 들어
있어 우리만이 만들 수 있다. 산청요 민영기 선생을 보면 찻사발에 대
한 자부심과 자존심이 있음을 알게 되며, 분야는 다르지만 한 분야에
서 일로매진한 이 시대 장인의 참 모습을 확인할 수가 있다. 산청요의
찻사발은 바로 산청요가 위치한 지리산의 묵묵한 모습처럼 듬직한 것
같다.

경남 찻사발축제(2008)

산청요 도도야사발

산청요 정호사발

산청요 도도야사발

산청요 분청항아리

산청요 항아리

9. 속리산방 故 송충효 선생

  속리산방 송충효 선생은 제주도에서 한라산과 오름의 정기를 간직
한 찻사발을 만드는 도예가이다. 제주항의 아름다움을 찾아다녔듯이
개성있는 다양한 형태의 차도구를 만들고 있다. 제주 오름의 신비와
편안함을 갖고 있는 자신만의 독특한 차도구로 잘 형상화하고 있다.

속리산방 사발 1

속리산방 사발 2

속리산방 사발 3

속리산방 오름사발

10. 도곡요 정점교 선생

도곡요 정점교 선생은 일반 차인들보다는 전문가들 사이에서 애호하는 도예가로서 매우 완성도가 높은 작가이다. 특히 녹황유(이라보)찻사발 중 정조이라보사발과 정호사발 등이 매우 좋다. 정점교 선생과 찻사발에 관한 이야기를 나누다 보면 시간 가는 줄 모르게 되고, 할 이야기가 끝이 없을 것 같다. 그만큼의 정열과 관심으로 사발을 만들어 왔고, 이 시대 자신의 혼魂을 불어넣는 사발을 만들기 위해 밤낮을 잊고 작업하는 작가이다.

그는 말한다. "흙은 우주의 일부로서 모든 생명체의 근본이다. 우주宇宙의 기氣를 나의 작품에 강하게 전달하고 싶었다. 오염되지 않은 흙을 채취하여 살아있는 입자 그대로 자연재료를 이용하여 작업한다. 그리하여 무한한 우주의 기를 우리에게 전달받는다고 믿고 있다."

도곡요 정조이라보사발   도곡요 현열사발

도곡요 대정호사발

도곡요 소바사발

도곡요 우주사발

도곡요 물항아리

도곡요 백자다기세트

11. 우송움막 故 김대희 선생

우송움막 김대희 선생은 현대 백자와 청자 차도구를 가장 잘 정형화한 작가이다. 백자와 청자로 이루어진 다관의 조형성이 매우 좋고, 완성도가 높다. 흙을 오래 만지다 보니 마음도 비우게 되고, 흙을 닮아가는 것 같다. 무엇보다 흙이 가지고 있는 고운 자태를 잘 담아내고 있는 작가이다. 20세기 전통성과 현대성을 잘 드러내는 대표적인 차도구를 만들고 간 작가이다.

(위) 우송움막 백자다기세트
(아래) 우송움막 백자다관

우송움막 청자다관

우송움막 백자다관

우송움막 청자음각 연화문 헌다기   우송움막 청자 죽절문 다관

우송움막 청자찻잔 내부

(위) 우송움막 백자사발, (아래) 우송움막 청자사발

우송움막 찻잔

12. 일송요 황동구 선생

일송요 황동구 선생은 이 시대 찻사발의 재현도가 매우 높은 도예가이다. 특히 정호사발과 황이라보사발 등의 완성도와 기술력이 매우 높다. '백척간두百尺竿頭에 진일보進一步'라고, 이 시대 완성도 높은 명품 찻사발의 출현을 기대해 보게 된다.

경남찻사발축제(2008) 때의 일송요 전시장

일송요 덤벙다기세트

일송요 정호사발

일송요 대정호사발과 소정호사발

일송요 대정호사발(앞면과 뒷면)

일송요 소정호사발(앞면과 뒷면)

13. 권대섭 선생

　전통적이면서도 현대적인 재현성이 뛰어난 작가가 권대섭 선생이다. 전통적 방법으로 깊이있는 형태와 질감으로 완성도 높은 작품활동을 하는 작가이기 때문이다.

　또한 권대섭 선생의 달항아리는 이미 현대 도예가 중 완성도가 높고 고졸한 맛이 좋아 많은 사람들의 사랑을 받고 있으며, 다완 또한 다양한 형태미와 질감이 좋다.

권대섭 선생 사발

권대섭 선생 사발

권대섭 선생 사발

권대섭 선생 달항아리

14. 신현철도예연구소 신현철 선생

신현철 선생은 현대 한국 차도구를 현대적으로 잘 드러낸 도예가이다. 특히 차도구의 조형성이 매우 좋으며, 연잎 다관, 무궁화 다관, 차꽃 다관, 연잎 나눔잔 세트, 연지 찻상 등이 좋다.

신현철 선생을 보면 항상 도인道人 같다는 생각이 든다. 흙을 통해 만물을 만들어가며 스스로를 향상시켜 가는 이 시대의 대표하는 소중한 작가이다. 현대적 조형성과 함께 자신의 마음, 그런 스스로의 모습을 담아내고자 부단히 노력하는 작가이기도 하다. 항시 새로운 조형성을 만들어가고자 끊임없이 고민하고 노력하는 작가이기에 작품이 좋을 수 밖에 없다. 어찌 보면 작품의 질質은 스스로의 고민과 노력의 결실임을 알게 한다.

↑ 신현철 선생 연잎다관
↓ 신현철 선생 차꽃다관
→ 신현철 선생 무궁화다관

신현철 선생 연잎다기세트

신현철 선생 말차다기세트

신현철 선생 말차나눔잔세트

신현철 선생 정호사발

신현철 선생 찻통모음

신현철 선생 찻잔모음

신현철 선생 숙우

신현철 선생 찻잔모음

15. 주흘요 이정환 선생

　주흘요 이정환 선생은 문경에서 주흘산의 정기를 받은 이 시대의 차
도구를 만들어내는 작가이다. 미래 문경의 역사를 만들어 갈 중요한
작가이다. 특히 녹황유(이라보)찻사발과 삼도찻사발, 녹황유 다기세트
등이 좋다. 이정환 선생은 '찻사발은 한국인의 자존심'이라는 이야기
를 스스럼없이 할 정도로 찻사발의 품격品格과 자존심自尊心을 절실히
알고 있는 이 시대의 진정한 작가이기도 하다. 또한 그 아들인 이동근
선생도 부전자전의 실력으로 그 뒤를 이어가고 있다.

주흘요 녹황유(이라보)사발

주흘요 녹황유사발

주흘요 녹황유다관

주흘요 녹황유(이라보)다관

주흘요 녹황유다기세트

주흘요 녹황유(이라보)다기세트

16. 명전요 이복규 교수

　이복규 교수는 서울공고 요업과를 졸업하고 대구공업대 도자디자인과 교수를 역임하였고, 찻그릇 전시회를 통해 사람의 온기가 스며드는 도자기를 만들며, 청도의 맑은 자연속에서 자기만의 독특한 세계를 드러낸 도예가이다. 다양한 형태의 다관과 찻잔이 원숙하고 좋다.

명전요 야외차회

명전요 헌다잔

명전요 대나무매미차측

명전요 백자다관

명전요, 마음을 두른 발

17. 만우요 윤태완 선생

만우요 윤태완 선생은 묵묵히 성실하게 작업하는 도예가로서 진사 사발과 다관 등이 좋다. 특히 만우요 하면 찻잔과 개완이라고 생각할 정도로 다양한 시도와 형태의 찻잔들이 좋다. 찻잔 하나라도 가지고 싶은 작가가 좋은 작가라면 만우요의 다양한 찻잔의 세계가 그 기대를 충족시켜줄 것 같다. 앞으로도 다양한 시도를 통하여 이 시대 자신만의 독특한 차도구로 특성화할 것으로 기대된다.

만우요 전시실

만우요 전시실 찻잔

만우요 다관들

만우요 진사차호

만우요 진사다관과 사발

만우요 향로

만우요 화로

만우요 개완(좌)과 잔세트(우)

만우요 회령사발

만우요 찻잔

만우요 오행찻잔

18. 우곡요 이종태 선생

우곡요 이종태 선생은 밀양 삼랑진 우곡에서 스스로의 몸과 맘을 닮은 작품활동을 묵묵히 하고 있는 작가로서 자기만의 독특한 차도구의 세계를 만들어 가고 있다. 특히 서각書刻을 활용한 다관과 화병 등의 조형성이 좋으며, 앞으로의 활동이 기대된다.

우곡요 다관(좌)과 다해(우)

우곡요 사발
우곡요 쌍둥이다관

우곡요 다관들

우곡요 백자다관

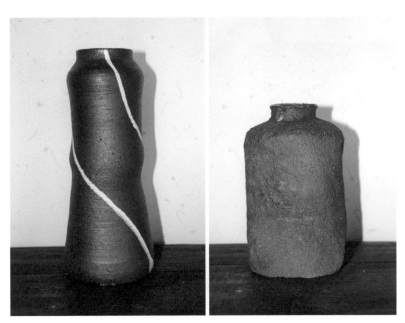

우곡요 화병

19. 웅천요 최웅택 선생

웅천요 최웅택 선생은 매우 독특하고 개성있는 질감과 형태를 가진 차도구를 만들고 있다. 옛 정호사발의 본향本鄉이라는 자부심을 가지고, 웅천의 흙으로 흙의 질감과 형태미를 개성있게 잘 드러내고 있는 작가이다. 특히 웅천찻사발의 깊이있는 질감과 항아리 등이 좋다.

웅천요 웅천찻사발 앞면과 뒷면

웅천요 웅천찻사발

웅천요 찻사발 굽

웅천요 다관

웅천요 물항아리

20. 미교다물요 정민호 선생

미교다물요 정민호 선생은 부산공예고등학교 도예과 1기생이다. 모든 분야와 마찬가지로 조기 교육이 중요한 것 같다. 정민호 선생의 장점은 자기가 좋아하는 분청 한 분야로 일로매진하면서 수 년 전부터 차도구를 만들기 시작했으나, 기본적으로 내공이 충실한 도예가이다. 특히 정민호 선생의 분청은 이 시대 장작가마로 만들어내는 가장 아름다운 도자기 중 하나일 것 같다. 묵직한 것을 좋아하는 황토유/잡재 찻사발과 분청다기세트, 차통, 머그잔 등이 좋다. 흑유와 덤벙분청의 흑백의 조화도 좋고, 최근 잡재를 이용한 산화와 환원불로 만들어내는 노란 톤(산화)과 푸른 톤(환원)의 조화도 아름답다.

① 미교다물요 분다기세트
② 미교다물요 분청다기세트
③ 미교다물요 화기세트

미교다물요 다관

미교다물요 찻사발(나눔잔)

미교다물요 찻사발

21. 가평요 김시영 선생

   가평요 김시영 선생은 우리나라에서 특별하게도 흑유를 전문으로 만드는 도예가이다. 그리하여 흑유의 다양한 변화와 색감이 매우 독특한 것으로 정평이 나 있다.

가평요 다관

가평요 다기세트

가평요 천목사발

가평요 일인용 다기

22. 지암요 안홍관 선생

　경남 김해의 명장으로 전통의 맥을 이어 김해사발을 재조명하고 있다. 옛 것을 배워 새 것을 창조한다는 '학고창신學古創新' 정신으로 김해도예의 부흥을 위해 노력하고 있다.

　1975년 고향인 김해 장유에서 도예에 입문한 이후, 고故 김윤태 선생과 신정희 선생 밑에서 물레대장을 하며 가르침을 받았다. 김해 지역 전통 가마 4곳 중의 하나로서 분청사기의 제작에 몰입하고 있다. 지암요 안홍관 선생은 김해의 자랑인 김해사발의 재현과 이 시대 자신만의 사발을 위해 노력하고 있는 도예가이다. 김해사발의 형태와 질감이 독특하다.

① 지암요 백자다관
② 지암요 활고대사발
③ 지암요 김해사발

23. 매곡요 우동진 선생

　매곡요 우동진 선생은 천한봉 선생의 제자로서 연구하고 고민하는 작가이며 실험정신에 투철한 작가이다. 지역토와 정호사발의 매화피, 연질백자, 내화도자기, 무유태토에 대한 연구 등 철저한 흙에 대한 연구결과를 바탕으로 도자기를 만들고 있는 작가이기도 하다. 모든 일이 그러하듯 재료가 좋으면 작품이 좋아질 가능성이 매우 높기에 앞으로 개발된 흙을 바탕으로 집중적인 작업이 기대된다. 최근에 만드는 차도구는 정선된 흙을 잘 수비하여 만들었기에 질감이 곱고, 전체적으로 부드러우며, 스스로 개발한 흙을 이용하여 다양한 형태의 차도구를 시도하고 있다. 그중에서도 도도야와 천목, 그리고 연질백자로 만든 정호사발 등이 좋다.

매곡요 정호형 백자사발

매곡요 흑유다기세트

매곡요 도도야사발

매곡요 녹황유사발

매곡요 내화 도자기 화로

24. 밝달가마 여상명 선생

밝달가마 여상명 선생은 가야산 해인사 깊은 골짜기 속에 묻혀 도를 닦듯 차도구를 만드는 작가이다. 10년 동안 매년 달라진 모습을 보여주겠다는 그의 말대로 매년 변화하는 모습을 보게 된다. 옛 사발의 깊은 맛을 닮은 사발과 현대적 조형성이 아우러지는 여러 모습의 차도구가 드러나고 있다. 그의 활기찬 기운처럼 기운찬 차도구가 기대된다.

(상) 밝달가마 정호사발
(중) 밝달가마 도도야사발
(하) 밝달가마 다관

25. 언양요 김춘헌 선생

언양요 김춘헌 선생은 언양 가지산 깊은 기슭에서 작업하고 있는 도예가이다. 신정희 선생의 제자로서 질감이 좋은 차도구를 만들고 있다.

① 언양요 화병
② 언양요 회령유 다관
③ 언양요 정호사발

26. 가야비파구룡요 故 김남진 선생

구룡요 김남진 선생은 사천의 도자문화를 부흥하는 사람으로서 도자기의 원료가 되는 흙이 좋다. 흙이 만들어내는 생경스런 느낌이 좋고, 사천사발의 역사와 전통을 지키고자 노력한 작가이다.

구룡요 찻사발 1(앞면과 뒷면)

구룡요 찻사발 2(앞면과 뒷면)

구룡요 다관　　　　　　　　　　　구룡요 찻잔

27. 삼동요 이인기 선생

　삼동요 이인기 선생은 삼동 깊은 곳에서 수십 년간 차도구의 깊은 맛을 드러내기 위해 노력하는 작가이다. 특히 백자가 가지고 있는 맑고 단아한 세계를 드러내기 위해 노력하고 있으며, 특히 백자잔과 다관, 그리고 차호와 화병 등이 좋다.

삼동요 백자다관

삼동요 백자찻잔(위)과 삼동요 백자 일인용다관(아래)

삼동요 화병(좌)과 삼동요 물항아리(우)

28. 죽연도요 서영기 선생

죽연도요 서영기 선생은 단양에서 단양도예의 정기를 이어가고 있는 도예가이다. 어릴 적부터 전통도예에 입문하였고, 경기대 교수가 된 이후에는 전통을 바탕으로 현대적 조형성을 접맥시키는 도예가이기도 하다. 정호찻사발과 분청 다기세트 등이 좋다.

죽연도요 덤벙사발

죽연도요 정호사발

죽연도요 다관(좌)과 향로(우)

29. 밀양요 김창욱 선생

　밀양요 김창욱 선생은 밀양에서 현대도예를 시작하여 전통도예를 접맥시키고 있는 도예가이다. 특히 현대적 조형성이 좋은 여러 형태의 물형 다관과 다기세트, 차통, 녹황유(이라보)찻사발 등 디자인 감각이 좋다. 독특한 조형성과 질감을 바탕으로 우리 시대 현대적인 차도구의 아름다운 세계를 펼쳐 갈 것으로 기대된다.

밀양요 천인상 다관

밀양요 선 다관

밀양요 다관

밀양요 백자(사금파리) 다기세트

밀양요 녹황유 편신체사발

밀양요 녹황유사발

밀양요 무유 찻통

밀양요 도예작품

30. 왕방요 신용균 선생

왕방요 신용균 선생은 신정희 선생의 차남으로 전통적 조형미와 질감이 좋다. 특히 안정적인 질감과 형태가 듬직하게 느껴진다. 왕방요의 차도구는 전통적인 분위기와 작가 자신의 묵묵함이 느껴진다. 특히 잘 익은 덤벙분청과 진사 차도구 등이 좋다.

(위) 왕방요 덤벙다관
(아래) 왕방요 덤벙사발

왕방요 덤벙차호

왕방요 진사다관(좌)과 덤벙다관(우)

왕방요 진사다기세트

왕방요 분청 주전자

31. 조일요 정재효 선생

조일요 정재효 선생은 신정희 선생의 제자로서 전통적 질감과 조형성이 매우 좋은 도예가이다. 분 다기세트와 녹황유(이라보) 다기세트, 백자 다기세트와 흑유찻사발, 녹황유(이라보)찻사발, 그리고, 현대적인 분청찻사발 등이 좋다.

조일요 흑유찻사발

조일요 분청찻사발

조일요 분청접시

조일요 백자다관

조일요 분청 다기세트

조일요 도예작품

32. 장안요 신경균 선생

　장안요 신경균 선생은 신정희 선생의 3남이다. 작가정신과 시대적 센스, 그리고 열정이 있는 작가로서 전통적 질감과 현대적 조형성이 잘 어울린다. 특히 덤벙분청과 이도가 좋다.

장안요 사발

장안요 다관

장안요 다기세트

장안요 달항아리

33. 지랑요 신봉균 선생

　지랑요 신봉균 선생은 신정희 선생의 4남으로 묵직하게 자신만의 작업을 하고 있는 작가이다. 신정희 선생의 깊이있는 질감과 형태를 이어가고 있으며, 특히 분작업과 진사작업이 좋다.

지랑요 덤벙다관

지랑요 덤벙사발

지랑요 백자다관

지랑요 진사다관

지랑요 분청사발

지랑요 진사화병

34. 토야요 송승화 선생

토야요 송승화 선생은 밀양에서 전통도예를 선도하는 도예가이다. 경남 으뜸찻사발, 문경찻사발공모전 대상 등 젊은 도예가 중 찻사발 분야를 앞서가고 있으며, 정호찻사발과 녹황유(이라보)찻사발, 다기세트 등이 좋다. 무엇보다 찻사발에 대한 집중과 노력이 돋보이며, 화려하지는 않으나 토속적인 느낌이 있고, 전체적으로 완성도가 높은 작가이다. 앞으로도 차도구에 대한 관심과 집중도를 키워가면 훌륭한 찻사발이 나올 것 같은 작가이다.

(위) 토야요 교맥사발
(아래) 교맥사발 내면과 뒷면

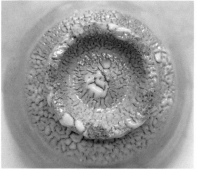

토야요 정호사발(좌)과 굽(우)

토야요 녹황유(이라보)사발   토야요 녹황유사발

토야요 백자다기세트

토야요 다관

토야요 교맥사발

35. 김해요 김경수 선생

김해요 김경수 선생은 김해 생림生林 깊은 곳에서 스스로의 마음을
닮은 전통도예를 수행하고 있는 도예가이다. 전통도예의 깊은 맛과 현
대도예의 조형성을 잘 조화시키는 이 시대의 차도구를 만드는 도예가
이다. 특히 김해요의 무유다관은 잘 풍화된 김해의 흙으로 잘 자화되
어 차 마시기에 좋다. 그중에서도 무유다관과 다기세트의 완성도가 매
우 높으며, 녹황유(이라보)찻사발과 김해찻사발, 그리고 여러 종류의 찻
통, 화로, 화병 등 다양한 종류의 여러 차도구가 좋다. 한때 김해요의
무유다관은 흙 특유의 질감과 깊이있는 색감, 그리고 완성도 높은 형
태미로 인해 많은 작가들의 롤 모델이었다. 그처럼 김해요 하면 다관
이라 할 정도로 다관의 완성도가 매우 높은 작가이다. 자신이 좋아하
는 작업을 하고, 자신의 특성을 알고 그에 맞는 작품들을 만들고 있는
이 시대의 소중한 작가 중의 한 사람이다.

김해요 무유다관(좌)과 귀얄사발(우)

김해요 다해

김해요 말차세트

김해요 무유다관과 다해

김해요 찻통

김해요 찻통

김해요 분청사발

김해요 백자다관

김해요 무유다관

김해요 백자찻잔   김해요 백자향로

김해요 청화백자다관 숙우

36. 하빈요 이명균 선생

여주에서 예문방을 운영하며, 초의 연구가인 박동춘 선생과 청자다기를 개발하였다. 청자로 만든 다관과 찻잔이 맑고 청아해서 좋다.

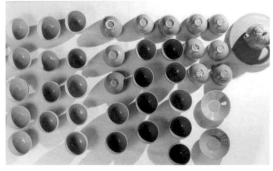

(상) 하빈요 청자다관
(중) 하빈요 청자찻잔
(하) 하빈요 청자다기세트

37. 서동요 박종일 선생

서동요 박종일 선생은 경주 산내 깊은 골짜기에서 현대조형을 하다
가 전통도예로 전환한 도예가로서 여러 형태의 차도구를 다양하게 드
러내고 있다.

(상) 서동요 사발
(중) 서동요 귀얄사발
(하) 서동요 차도구세트

38. 산내요 김성철 선생

산내요 김성철 선생은 신정희 선생의 제자로서 덤벙 분사발과 녹황유 (이라보)사발이 좋다. 항시 새로운 것을 시험하면서 여러 가지를 시도하고, 부단히 스스로를 채찍질하고 있는 의식 있는 작가 중의 한 사람이다.

산내요 녹황유(이라보)사발   산내요 분청(덤벙)사발

산내요 이라보사발   산내요 귀얄사발

산내요 덤벙다관   산내요 차호

39. 청마 유태근 교수

유태근 교수는 차도구뿐만이 아니라 그림 등 다양한 작업을 수행하고 있다. 최근에는 보듬이사발과 항아리 작업을 중심으로 독특한 자기만의 세계를 이끌어 가고 있는 도예가이다.

유태근 교수 분청보듬이사발

유태근 교수 보듬이사발

유태근 교수 분청사발

유태근 교수 백자달항아리

40. 청봉도예 장기덕 선생

청봉도예 장기덕 선생은 현대도예와 전통도예를 잘 접맥시키고 있는 작가로서 밀양도예를 선도하고 있는 작가 중의 한 사람이다. 여러 형태의 다관과 사발이 다양하고 좋다.

청봉도예 다관들

청봉도예 다관

청봉도예 거북이다관과 다해

청봉도예 진사사발

청봉도예 진사 나눔잔세트

청봉도예 찻통

41. 포일요 윤창민 선생

포일요 윤창민 선생은 능력과 집념을 가진 도예가로서 정호사발과 김해사발, 진사 다기세트 등이 좋다. 그중에서도 진사와 무유가 좋고, 진사의 붉은 색감이 작가의 정열을 이야기해 주고 있다. 집념과 정열로 만들어가는 자신만의 세계가 기대된다.

포일요 사발

포일요 진사 다기세트

포일요 물항아리

포일요 무유다관과 다해

포일요 무유수반

포일요 무유귀얄화병

42. 보성요 송기진 선생

보성요 송기진 선생은 덤벙의 고장인 보성에서 덤벙분청의 아름다운 세계를 잘 만들어가는 도예가이다. 보성차의 푸르름 속에서 하얀 덤벙의 아름답고 독특한 질감을 잘 드러내는 작가로서 다양한 사발과 찻잔 등이 좋다.

보성요 분인사발

보성요 분인대접

43. 정호요 임만재 선생

정호요 임만재 선생은 김해를 대표하는 전통도예가로서 문경찻사발 대상 등 실력을 검증받은 작가이다. 어릴 적부터 도예에 입문하여 수십 년 이상의 전통적 질감과 조형성을 확보하고 있는 도예가이며, 자기형태의 멋과 맛을 낼 줄 아는 도예가이기도 하다. 정호찻사발과 다기세트, 김해찻사발과 다기세트, 회령유 사발, 진사사발과 다기세트 등이 좋다. 특히 장차 이 시대 제대로 된 정호사발의 모습이 기대된다.

정호요 정호사발

정호요 입학사발

정호요 회령유사발

정호요 회령유다관

정호요 입학다기세트와 김해다기세트

정호요 분다기세트

정호요 대정호사발(앞면과 뒷면)

정호요 소정호사발   정호요 무유차도구세트

44. 심곡요 안주현 선생

심곡요 안주현 선생은 산청에서 묵묵히 맑고 깊은 조형성을 확보하고 있는 도예가이다. 새다관, 탑다관, 무유다관, 백자다관 등 여러 형태 다관의 완성도가 매우 높고, 찻잔과 이라보찻사발 등이 좋다. 장차 이 시대 자신의 모습을 닮은 아름다운 차도구의 세계가 기대되는 소중한 작가이기도 하다.

심곡요 새다관

심곡요 잔

심곡요 탑다관

심곡요 다관

심곡요 다관

심곡요 백자다관

(상) 심곡요 백자다기세트
(중) 심곡요 백자향로
(하) 심곡요 녹황유사발

45. 효석요 유대원 선생

효석요 유대원 선생은 도자기에 그림을 그리는 도화작업을 선도하고 있는 작가 중의 하나로서 백자다기세트와 도화陶畵 찻사발 등이 좋다.

(상) 효석요 도화찻통
(중) 효석요 도화찻사발 1
(하) 효석요 도화찻사발 2

46. 관음요 김선식 선생

관음요 김선식 선생은 문경을 대표하는 도예 가문의 후손으로 문경 백자 다기세트와 댓잎 다기세트 등이 좋다.

(위) 관음요 계룡산사발
(아래) 관음요 댓잎 다기세트

47. 진주요 홍성선 선생

　홍성선 선생은 원로 도예가인 홍재표 선생의 아들로서 깊이있는 질감과 전통성을 추구하는 기대되는 젊은 도예가이다. 찻사발과 백자다기세트의 질감이 매우 좋다.

진주요 찻사발

진주요 백자다관

진주요 백자다기세트

48. 관문요 김종필 선생

관문요 김종필金鍾畢 선생은 계명대 미술대 산업미술학과(도자전공)를 졸업한 후 천한봉 선생에게서 전통도예를 배워서 현대도예와 전통도예의 진수를 잘 알고 있는 도예가이다. 도도야사발과 오기사발과 다양한 찻잔 등이 좋으며, 장차 문경을 대표하는 작가이기도 하다.

관문요 3인 다기세트

관문요 분청다기세트

관문요 분청개완세트

관문요 분청사발

관문요 분청다관

(상) 관문요 입학사발
(중) 관문요 분인사발
(하) 관문요 김해사발

49. 문경요 천경희 선생

문경요 천경희 선생은 천한봉 선생의 딸로서 아버지를 이어 전통도예의 길을 이어가고 있다. 천한봉 선생의 뒤를 이어 도도야 다기세트와 김해사발 등의 형태와 질감이 매우 좋다.

(상) 문경요(천경희) 도도야사발
(중) 문경요(천경희) 3인 다기세트
(하) 문경요(천경희) 김해사발

50. 구천요 구진인 선생

　　구천요 구진인 선생은 밀양 표충사 부근에서 전통사발의 깊이있는 질감과 조형성을 추구하는 도예가이다. 도도야찻사발의 형태와 질감이 매우 좋다. 흙이 가지고 있는 다양성과 표현이 좋다. 장차 자신만의 독특한 사발을 드러내리라는 기대가 들게 된다.

구천요 도도야찻사발

구천요 다관

구천요 흑유다관

구천요 녹황유사발

구천요 회령유사발

구천요 분사발(앞면과 뒷면)

구천요 진사항아리

51. 이경훈도요 이경훈 선생

이경훈도요 이경훈 선생은 신정희 선생의 제자로서 하동의 젊은 도예 바람을 선도하고 있는 작가 중의 한 사람이다. 흑유, 회령유, 덤벙분청 등의 차도구 질감이 좋다.

(상) 이경훈도요 흑유찻주전자
(중) 이경훈도요 회령유찻통
(하) 이경훈도요 회령유찻사발

52. 명작도예 김기환 선생

명작도예 김기환 선생은 동창원IC 부근에서 작업하고 있는 작가이
다. 다양한 차도구를 하다가 최근에는 대규모 주문 위주로 작업하고
있으며, 백자와 청자 다기세트와 찻사발 등이 좋다.

명작도예 진사다관

명작도예 진사다기세트

명작도예 녹황유다기세트

명작도예 진사항아리

53. 가은요 박연태 선생

가은요 박연태 선생은 문경 봉암사 인근의 깊은 산중에서 작업을 하고 있는 작가이다. 분청다관과 찻사발 등이 좋다.

(상) 가은요 분청다관
(중) 가은요 찻사발
(하) 가은요 입학찻사발

54. 설우요 김종훈 선생

코로나 시기이던 2021년 서울 학고재에서 개최된 김종훈 선생의 '춘추전春秋展 : 황중통리黃中通理'는 꽤 인기가 있었다. 정호사발의 전형을 보여주는 전시회로서 상징적인 의미가 있었다고 본다. 특히 형태면에서 설우요 김종훈 선생은 정호사발에 대한 깊이있는 결과를 잘 드러냈다고 본다. 정호사발이 가지고 있는 형태미를 잘 드러냈다는 점에서 특기할 만하다.

설우요 정호사발

55. 백암요 박승일 선생

백암요 박승일 선생은 경주 남산 부근에서 묵묵히 작업하고 있는 도예가이다. 경주공고 도예과 출신으로 경남찻사발공모전 대상 수상 작가로서 장작가마로 경주 전통도예의 토대를 잡고자 노력하는 작가이며, 청화백자/청자 다기세트와 다관, 개완과 잔 등이 좋다. 세련된 백자 형태와 청화로 그린 아름다운 그림이 잘 어울린다.

장차 현대 차도구를 대표하는 작가가 되리라는 기대가 든다.

(위) 백암요 청화백자 개완다기세트
(중) 백암요 다기세트
(하) 백암요 백자 산수 개완세트

백암요 백자다관

백암요 개완

백암요 녹황유사발

백암요 백자보듬이사발

백암요 백자찻잔

56. 진곡도예 황승욱 선생

진곡도예 황승욱 선생은 청도 깊은 골짜기에서 작업하는 작가이다.
여러 형태의 분청사발과 무유로 만든 차도구가 좋다.

진곡도예 무유다관

진곡도예 무유개완

진곡요 분청사발

57. 단장요 강영준 선생

단장요 강영준 선생은 이라보, 덤벙분청 등의 차도구 질감이 좋다. 분청 특유의 소박한 맛과 아기자기한 맛과 멋이 있다. 젊은 도예가로서 성장 잠재력이 높은 작가 중의 한 사람이며 형태와 질감이 좋은 자신만의 차도구를 만들어 갈 것으로 기대되는 소중한 작가이다.

단장요 백자다관

단장요 흑유다관

단장요 분청다관

단장요 분청다관(대형)

단장요 흑유 주전자

단장요 백자다기세트

단장요 덤벙사발

단장요 흑유화병

단장요 화기

단장요 화병

단장요 전시실

58. 밀성요 이승백 선생

밀성요 이승백 선생은 밀양 깊은 곳에서 묵묵히 작업을 하는 작가이다. 공예고등학교를 졸업하고 정호요에서 작업하다 밀양에 가마를 심고 열심히 작업하고 있는 작가이다. 최근에는 개성있는 연리문보듬이 사발과 찻잔 등을 만들고 있으며, 연리문다관과 백자다관, 무유다관, 그리고 백자다기와 연리문다기세트 등이 좋다.

밀성요 백자다관

밀성요 다관

밀성요 백자다관

밀성요 연리문다관

(상) 밀성요 연리문다기세트
(중) 밀성요 연리문사발
(하) 밀성요 도자부엉이

59. 경주요 김태훈 선생

경주요 김태훈 선생은 경주 천북에서 열심히 작업하고 있는 실력있는 도예가이다. 특히 옻칠 도자기의 장점을 살린 독특한 형태와 질감을 갖고 있는 작가로서 완성도 높은 작업을 추진하고 있기에 앞으로의 활동이 더 기대된다.

경주요 송피문다관

경주요 옻칠다관

경주요 옻칠다관과 다해

경주요 옻칠개완

경주요 보듬이사발

경주요 찻잔

60. 청학도방 송춘호 선생

청학도방 송춘호 선생은 경주 건천의 조용한 곳에서 묵묵히 작품 활동을 하는 작가이다. 흙이 가지고 있는 다양한 형태와 질감을 찾기 위해 다양한 시험을 하고 있고, 자기만의 형태와 세밀한 처리에 집중하고 있는 작가이다. 다양한 형태의 다관과 찻잔이 개성이 있고, 세련된 맛이 있다. 앞으로도 부단히 노력하여 자기만의 개성있는 차도구의 세계를 드러내기를 고대하게 된다. 아기자기한 형태의 잘 정리된 찻잔들과 다관, 그리고 사발이 좋다.

(위) 청학도방 백자다관
(아래) 청학도방 개완

청학도방 찻사발

청학도방 찻잔

61. 도계요 강준호 선생

　도계요 강준호 선생은 경주 외진 곳에서 혼자만의 작업을 통해 자신만의 세계를 만들어 가는 차도구 도예가이다. 대기만성형의 백자와 분청다관, 개완, 그리고 찻사발 작업을 하고 있는 작가이다.

도계요 백자다관

도계요 흑유다관

도계요 청화백자개완

도계요 분청다관

도계요 백자다관

도계요 녹황유사발

도계요 분청사발

도계요 분청다기세트

62. 무안요 강경찬 선생

　무안요 강경찬 선생은 밀양 무안에서 묵묵히 작업하고 있는 알려져 있지 않은 젊은 도예가이다. 특히 일본 시미즈 선생의 제자로서 녹황 유(이라보)찻사발 등의 완성도가 매우 높기에 앞으로의 활동이 더 기대 된다.

(상) 무안요 도도야 사발
(중) 무안요 분청다관
(하) 무안요 사발

63. 소랑요 권혁문 선생

소랑요 권혁문 선생은 왕방요 신용균 선생에게 사사받은 후 독립하여 자신만의 독특한 세계를 잘 드러내고 있는 작가이다. 덤벙의 흰색과 흑유의 검은색이 잘 대비되고, 분청 차도구의 다양한 형태가 좋다.

소랑요 덤벙다관

소랑요 흑유다관

소랑요 분청다관

연구과제

1. 차인과 도예가

2. 전통 도예가와 현대 도예가

3. 20세기 전통 도예가

4. 우리 시대의 차도구 도예가

5. 우리 지역의 차도구 도예가

6. 내가 좋아하는 차도구 도예가

7. 찻잔을 잘 만드는 차도구 도예가

8. 다관을 잘 만드는 차도구 도예가

9. 찻사발을 잘 만드는 차도구 도예가

10. 한국의 차도구 도예가

11. 21세기 한국의 차도구 도예가

제7장

내 마음의 차도구

[吾心之茶道具]

제7장

내 마음의 차도구[吾心之茶道具]

1. 내 마음의 차도구

지난 30여 년간 전국의 주요 전통가마를 답사하면서 느꼈던 체험을 중심으로 내가 좋아하는, 누구든 갖고 싶은 차도구茶道具—다관茶罐과 찻사발茶沙鉢—을 중심으로 정리해 보고자 한다.

이것은 나만의 차도구일 수도 있지만, 그래도 한 시대時代를 살며, 시대문화時代文化를 공유共有하며 이끌어가고자 하는 그동안의 노력의 결과물이기도 하다.

현실적으로는 값이 비싸면 좋은 차도구를 구할 수가 있지만, 그렇다고 단순하게 가격만으로 '모든 작가作家들의 모든 차도구茶道具가 다 좋다고 할 수는 없다'는 사실이다. 좋은 작가들, 특히 어느 경지를 넘은 대가나 중진들의 작품은 대부분 그 작가의 특성特性을 기본적으로 함유하고 있기 때문에 대다수의 작품들은 그 작가의 특성과 품격品格을 담아내고 있다고 볼 수가 있다. 그렇기에 좋은 작가의 작품은 실제적으로 좋을 수 밖에 없지만, 모든 작가들의 모든 작품作品들이 다 그렇다는 것은 아니다.

(1) 내 마음의 다관

20세기 이후 한국의 차문화가 부흥하면서 녹차 위주로 차를 마시기 시작한 이후 토우 김종희 선생의 다관과 신정희 선생과 천한봉 선생, 그리고 김정옥 선생 등의 다관은 그 상징성이 크다고 볼 수가 있다.

그중에서도 오늘날의 작가作家들 중에서 필자가 좋아하는 다관茶罐으로는 전통적 조형성은 우송움막의 김대희 선생의 백자와 청자 다관이 참 좋다. 그리고 현대적 조형성으로는 신현철 선생의 연잎다관과 차꽃다관 등이 참 좋다. 이 밖에도 현대적 조형성과 전통성이 좋은 작가는 조일요의 정재효 선생과 김해요 김경수 선생, 토야요 송승화 선생의 다관이 좋은 것 같다. 심곡요 안주현 선생과 밀양요 김창욱 선생, 백암요 박승일 선생과 단장요 강영준 선생의 다관은 특히 현대적인 조형성이 좋고 잘 정제되어 있다.

다관을 종류별로 나누어 살펴보면 다음과 같다.

① 백자다관은 김대희 선생의 백자와 청자 다관, 백자 달항아리 다기세트 등이 좋고, 신현철 선생의 무궁화다관과 연잎다관, 차꽃다관 등이 좋고, 정재효 선생과 김해요 김경수 선생, 토야요 송승화 선생, 심곡요 안주현 선생, 백암요 박승일 선생의 청화백자다관, 단장요 강영준 선생 등이 좋다.

② 청자다관은 김대희 선생, 신현철 선생의 연잎다관과 무궁화다관 등이 좋다.

③ 분청다관으로는 덤벙다관은 정재효 선생과 신용균 선생, 단장요 강영준 선생, 그리고 녹황유다관은 이정환 선생과 정재효 선생, 김경수 선생의 다관, 청학도방 송춘호 선생, 도계요 강준호 선생, 소랑요 권혁문 선생, 김해다기세트는 정호요 임만재 선생 등이 좋다.

④ 무유다관으로는 김해요 김경수 선생과 현암요 오순택 선생의 다관이 좋다.

또한 현대적 조형성과 독특함으로는 밀양요 김창욱 선생 등의 다관이 좋다. 기타 연화문다관으로 밀성요 이승백 선생의 다관이 좋다.

다관茶罐을 선택할 때에는 겉으로 드러난 아름다움뿐만이 아니라, 직접 사용해 본 후 착지감과 출수와 절수 등 실제적인 기능을 확인해 볼 필요성이 있다. 아무리 비싼 다관이라도 장식장 속의 유물로만 존재한다는 것은 바람직하지 않기 때문이다.

우송움막 청자다관

최근에 중국 자사호와 개완 등의 영향으로 잎차를 우리는 차문화의
변화가 일어나고 있다. 그 점에서 한국 작가들의 개완과 찻잔 등도 다
양하게 적용되고 있는 실정이다.

개완의 경우 백암요 박승일 선생의 청화백자개완과 만우요 윤태완
선생의 개완과 찻잔이 좋다.

(2) 내 마음의 찻사발 ―우리 시대 찻사발 도예가―

사라지고 잊혀졌던 전통문화를 다시 복원하고 재현한다는 것은 간
단한 일이 아니다. 우리의 전통 찻사발도 일제 치하와 근대화의 혼란
중에 잊혀졌다가 전통도예의 복원 작업과 함께 원로 도예가들의 평생
에 걸친 노력에 의해 다시 재현되게 된다.

해강海剛 유근형柳根瀅(1894~1993) 선생과 도암陶菴 지순택池順鐸(1912~
1993) 선생, 그리고 호산 안동오安東五(1919~1989) 선생 등에 의한 청자와
백자 등 전통도예의 복원을 시작으로 오늘날 경기도도자비엔날레가
진행되는 경기도 여주, 이천과 광주가 전통도예의 중심지가 되게 하였
고, 신정희申正熙(1930~2007) 선생과 천한봉(1933~2021) 선생, 그리고 김
응한(1935~2004) 선생, 김윤태(1936~2012) 선생, 김태한(1939~2020) 선생
등에 의한 전통 찻사발의 재현으로 오늘날의 경상북도 문경과 경상남
도 양산 등이 또한 전통 찻사발의 큰 중심지가 되게 하는 등 그동안 전
통 명장들과 그 제자들의 피나는 노력과 열정이 있었다. 그런 의미에
서 오늘날의 찻사발은 원로 도예가들의 혼신에 걸친 정열과 노력의 결
실이고, 그리고 그 뒤를 이어서 1세대 전통도예가와 2세대, 그리고 3세
대로 이어지는 도예가들의 열정과 노력의 세월들이 도도하게 흘러가
고 있는 실정이다.

문경요 두두옥사발　　　상주요 정호사발　　　산청요 두두옥사발

　20세기 이후 전통 찻사발을 재현한 대표적인 1세대 전통 도예가로는 경기도 지역의 유근형 선생과 지순택 선생, 그리고 안동오 선생과 홍재표 선생 등이 있고, 경상도 지역의 신정희 선생과 천한봉 선생, 김윤태 선생, 영남요 김정옥 선생 등이 있다. 그 뒤를 이어서 찻사발을 정통으로 만들고 있는 도예가로는 산청요 민영기(1947~) 선생과 도곡요 정점교(1951~) 선생 등이 있으며, 주흘요 이정환(1954~) 선생과 일송요 황동구(1952~) 선생, 우송움막 김대희(1952~2013) 선생, 신현철 선생(1954~), 길성 선생, 권대섭 선생 등과, 1세대 도예가들의 제자인 한도요 서광수 선생, 해강요 유광열 선생, 지암요 안홍관 선생, 매곡요 우동진 선생, 황담요 김억주 선생, 미교다물요 정민호 선생, 왕방요 신용균 선생, 조일요 정재효 선생, 혜광요 윤성원 선생, 지랑요 신봉균 선생, 장안요 신경균 선생, 여민요 이일파 선생, 죽연도요 서영기 선생, 김해요 김경수 선생, 토야요 송승화 선생과 정호요 임만재 선생, 김종훈 선생, 포일요 윤창민 선생, 백암요 박승일 선생, 관음요 김선식 선생, 영남요 김경식 선생, 조선요 김영식 선생, 관문요 김종필 선생, 만아도요 홍성선 선생, 문경요 천경희 선생, 단장요 강영준 선생, 경주요 김태훈 선생, 도계요 강준호 선생 등이 이 시대의 훌륭한 찻사발을 만들기 위해 밤낮없이 노력하고 있다.

　또한 최근에는 2000년을 전후하여 지자체의 주요 행사로서 '문경전통찻사발축제'와 '경남찻사발초대전', 봉은사에서 개최된 '한국찻사발 108인전' 등이 개최되어 찻사발에 대한 국민적 관심과 홍보, 그리고 여러 도예가들이 노력하고 있는 등 이 시대 찻사발 문화가 새롭게 태동되고 있는 실정이다.

말차를 마시기 위한 찻사발[茶碗]은 현존하는 작가 중 대표적인 작가는 산청요 민영기 선생과 도곡요 정점교 선생, 주흘요 이정환 선생과 일송요 황동구 선생, 토야요 송승화 선생, 정호요 임만재 선생 등이다. 그중에서도 민영기 선생의 두두옥사발과 정호사발, 정점교 선생의 녹황유(정조이라보)사발과 정호사발, 황동구 선생의 정호사발과 황이라보사발, 이정환 선생의 녹황유(이라보)사발과 분청(삼도)사발, 최웅택 선생의 웅천사발 등이 좋다. 그 뒤를 이어서 이학천, 이일파, 서영기, 정재효, 김종훈, 송승화, 김경수, 김선식, 임만재, 신경균, 박승일, 김종필, 이동근, 강영준 선생 등의 사발이 좋다.

도곡요 정조이라보사발

일송요 정호사발

주흘요 녹황유(이라보)사발

신현철 선생의 정호사발

조일요 분청사발

왕방요 덤벙사발

대가들 중에서는 신정희 선생의 사발은 질감이 좋고, 천한봉 선생과 김윤태 선생 등의 사발들은 원숙한 맛이 있어 좋다.

각 사발 종류별로 살펴보자.

① 정호사발은 민영기, 정점교, 황동구, 길성 선생과 신현철 선생, 최웅택 선생 등의 사발이 좋다. 젊은 작가의 경우 송승화 선생과 임만재 선생, 김종훈 선생, 김경수 선생 등의 정호사발이 좋다.

② 녹황유(이라보)찻사발은 정점교 선생의 정조이라보, 이정환 선생의 황이라보, 정재효 선생과 송승화 선생, 김경수 선생, 박승일 선생, 주흘요 2대 이동근 선생 등의 사발이 좋다.

③ 두두옥찻사발은 산청요 민영기 선생과 천한봉 선생, 여상명 선생, 우동진 선생 등이 좋다. 구진인 선생의 두두옥사발도 그 질감과 형태가 좋다.

④ 김해사발은 문경요 천한봉 선생과 김윤태 선생, 지암요 안홍관 선생, 김해요 김경수 선생, 정호요 임만재 선생, 포일요 윤창민 선생, 관문요 김종필 선생, 백암요 박승일 선생 등의 사발이 좋다.

⑤ 덤벙찻사발은 신정희 선생과 그 제자-신한균, 신용균, 신경균, 신봉균, 정재효, 김성철, 강영준 선생 등-들과 보성요 송기진 선생과 토야요 송승화 선생 등의 찻사발이 좋다.

⑥ 흑유/진사사발은 김시영 선생, 김동열 선생, 정재효 선생, 임만재 선생, 윤창민 선생 등이 좋고,

⑦ 토기사발은 박순관 선생의 토기찻사발이 좋으며,

⑧ 오기 및 웅천사발은 상주요 김윤태 선생과 문경요 천한봉 선생, 관문요 김종필 선생 등의 사발이 좋다.

⑨ 현대 찻사발로는 권대섭 선생과 신현철 선생, 속리산방 송충효

토야요 정호사발   김해요 김해사발   정호요 정호사발

선생, 이강효 선생, 정재효 선생, 김경수 선생, 박승일 선생 등의 작품
이 좋다.

또한 보듬이사발로는 우송움막 김대희 선생 청자보듬이사발과 정호
요 임만재 선생과 유태근 교수, 박승일 선생 등이 좋다.

그리고 연리문찻사발로는 밀성요 이승백 선생의 사발이 좋다.

찻사발의 경우, 최근에는 대부분의 많은 도예가들이 열심히 작업을
하고 있고, 문경찻사발축제와 경남찻사발축제 등 여러 공모전 등을 통
하여 찻사발에 대한 지속적인 평준화 작업도 진행되고 있다. 그리하여
형태면에서나 질감면에서도 많은 발전이 이루어지고 있으며, 이제는
기존 전통찻사발의 단순한 재현에서 벗어나 21세기의 시대적 장점을
살려가는 도예가들의 활동이 기대된다. 더욱 앞으로 찻사발에 대한 관
심이 높아지고, 그에 따라 지속적인 발전 과정에 있으므로 21세기 한
국 찻사발은 서서히 질적인 전환이 도래할 것으로 기대되고 있다.

(3) 기타 차도구

요즘에는 찻잔, 나눔잔, 꽃병, 향로, 차통, 물항아리 등도 각각 하나의
작품으로 인정받고 있다. 각 작가들의 개성있는 찻잔은 찻사발과 비교

하여 가격도 높지 않기에 소장하기에도 좋다. 특히 각 잔마다 각 도예가들의 개성이 뚜렷하기 때문에 여러 개를 모아놓고 보는 맛도 좋다. 찻사발과 찻잔은 단지 크기만 다를 뿐, 그 형태나 기술적 노하우도 비슷하기에 각 도예가들의 특성을 확실하게 느낄 수가 있어서 또한 좋다. 최근에는 많은 도예가들이 여러 종류의 찻사발에 따른 나눔잔과 찻잔을 만들기 때문에 다양한 종류의 찻잔과 나눔잔을 볼 수가 있다. 찻잔과 나눔잔도 역시 사발과 마찬가지로 차도구를 잘 만드는 도예가의 작품이 좋은 것 같다.

무엇보다 틈날 적마다, 여러 작가들의 찻잔과 나눔잔 등을 구해서 비교해 보는 것도 재미있는 일이다. 특히 잔이나 나눔잔은 찻사발의 축소판이기에 그 자체로도 아름답고, 가격도 사발과 비교하여 상대적으로 저렴하며, 쉽게 구할 수 있고, 생활속에서 자주 사용할 수가 있기 때문이다. 차인의 입장에서 볼 때, 찻잔 하나라도 잘 만드는 작가가 좋은 작가이다. 그런 측면에서 제대로 된 차도구 도예가라면 찻잔 하나라도 제대로 만드는 것이 중요하다.

찻잔으로는 역시 1세대 원로 도예가들의 작품이 형태면에서는 묵직하고 큰 편이나, 질감면에서는 좋다. 최근에는 신진작가들의 작품이 차 마시기에도 좋고, 다양한 형태로 만들어지고 완성도도 높다.

백자찻잔으로는 김대희 선생의 백자잔과 신현철 선생의 백자잔이 좋다. 김대희 선생의 백자잔은 형태적 완성도와 질감이 깔끔하고, 신현철 선생의 백자잔은 형태가 다양하고 완성도가 높다. 삼동요 이인기 선생과 조일요 정재효 선생, 그리고 김해요 김경수 선생, 심곡요 안주현 선생의 백자잔은 조형성이 좋고, 백암요 박승일 선생은 형태가 잘 정리되었고, 정리된 형태에 청화로 그려낸 그림이 조화롭다. 단장요 강영준 선생의 백자잔도 잘 자화된 질감과 형태가 좋다.

청자찻잔으로는 유근형 선생과 지순택 선생의 찻잔은 질감의 완성도와 색감이 높고, 김대희 선생의 청자잔은 깊이있는 질감과 형태의 조화도가 높으며, 신현철 선생의 청자잔은 조형성이 매우 좋다.

분청찻잔으로는 신정희 선생의 찻잔이 깊이있는 원숙한 질감이 좋으며, 정호요 임만재 선생의 분청잣잔은 잘 자화되었고 형태가 수려하다. 분인찻잔으로는 보성요 송기진 선생과 토야요 송승화 선생, 단장요 강영준 선생의 찻잔 질감과 형태가 좋다.

녹황유찻잔으로는 주흘요 이정환 선생과 토야요 송승화 선생의 찻잔이 원숙하고 형태미가 좋다.

김해찻잔으로는 관문요 김종필 선생과 정호요 임만재 선생의 김해 찻잔이 질감과 형태가 좋다.

여러 종류의 찻잔

김해요 차통(보이차용)

　무유찻잔과 토기찻잔으로는 김해요 김경수 선생과 박순관 선생의 찻잔이 좋다.

　최근에는 밀성요 이승백 선생이 연리문찻잔을 만들고 있고, 만우요 윤태완 선생도 찻잔 전문으로 다양한 찻잔을 만들고 있으며, 많은 젊은 작가들이 다양하고 완성도 높은 찻잔들을 만들어내고 있다.

　또한 도자기로 된 차도구 중 차통과 꽃병, 향로, 물항아리 등도 최근에는 매우 다양하게 잘 만들어지고 있다. 차도구로 사용할 경우, 도자기로 이루어진 다기세트가 서로 어울리는 멋이 있으므로 다양하게 적용될 수가 있기 때문이다.

　특히 최근에는 차문화茶文化가 다양해지면서 여러 종류의 차도구들이 잘 활용되는 경향이 있다. 다실이 있을 경우, 다실에 어울리는 꽃병과 물항아리, 향로 등이 사용되고 있다. 그리고 차생활이 녹차 위주에서 보이차 등 발효차 등으로 다양해짐에 따라서 차를 적절하게 보관하기 위한 여러 종류와 크기의 차통들이 만들어지고 있다.

이러한 차도구들도 앞에 소개한 도예가 중에서 각자가 좋아하는 작품들을 선택하여 사용한다면 차생활을 보다 아름답게 할 수가 있고, 이 시대 차문화의 발전에 이바지할 수가 있을 것 같다.

(위) 김익영 선생의 백자호
(아래) 신현철 선생의 참새다기세트

2. 차도구의 가격과 작품의 질

어느 작가作家와 작품作品의 가격價格을 일률적으로 이야기한다는 것은 퍽 조심스럽고 예민한 일이다. 그렇지만, 기본적인 원칙原則은 있다. '좋은 작품作品은 좋은 가격價格을 받아야 한다'는 것이다.

여러 전통가마를 다니다 보면, 작가作家에 따라 가격이 결정되어 있는 경우가 많다. 그리고 '남이 받으니까 나도 받는다'는 경우도 있다. 그러나 그것보다는 '작품作品의 질質에 따라 가격을 받는 것이 좋다'고 본다. 아무리 이름난 작가라도 작품이 좋지 않은데, 작가 이름만으로 가격을 받는다는 것은 바람직한 일이 아니다. 공산품도 아니고, 브랜드 가치만으로 가격을 결정할 수는 없는 일이기 때문이다.

일부 작가들은 가끔 '이 세상에 하나밖에 없다'는 이야기로 가격을 비싸게 부르는 경우도 있다. 사실 같은 가마에서 같은 작가가 같은 원료로 만든 도자기라 할지라도 사실 하나도 같은 것이 없다. 그렇지만 작품의 질적質的인 차이는 분명히 있다. 특히 장작가마의 경우 가마안에서 불 맛[窯變]이 잘 나타난 작품과 그렇지 않은 작품의 질적 차이는 분명히 있다.

일반적으로 한 가마에서 백 개의 작품이 나왔다고 하면, 잘 나올 경우 그중에 10~20퍼센트는 상품이고, 몇 십 퍼센트는 중품이고, 또한 몇 십 퍼센트는 하품일 수밖에 없다. 상품 중에서도 정말 좋은 것은 단 하나, 아니면 몇 개일 수밖에 없다. 그런 의미에서 작가가 정말 팔고 싶지 않은 것이라면 모를까 많은 경우 작품 수준보다 비싼 가격으로 거래되는 경우가 많다. 이 점은 특히 찻사발의 경우가 심한 것 같다. 사실 많은 작가들이 찻사발에 대해 열심히 연구하지만, 실제로 나오는 찻사발의 질質은 열악하다. 찻사발로서 아직 제대로 안 되는 것들이 단지 찻사발이라는 이유만으로 작게는 몇십만 원에서 몇백만 원 이상으로 거래되는 경우도 있다. 이 점은 작가作家의 의식意識과 차인茶人들의 안목부재眼目不在에서 오는 잘못된 관행인 것 같다.

그런 측면에서 차인茶人이라면 스스로의 안목을 키워 제대로 된 찻사발을 볼 줄 알고, 구할 줄 알아야 한다. 그리고 찻사발을 만드는 도예가들도 수준도 안 된 찻사발을 그저 이름과 명성 때문에 비싼 가격으로 팔아서는 안 되는 일이다.

사실 대부분 장작가마를 하는 도예가들은 차도구茶道具를 전문으로 하는 경우가 많다. 그것은 작품에 대한 부가가치가 높기 때문이다. 일반 밥공기, 국공기라면 기껏해야 수만 원밖에 받을 수 없지만, 찻사발이라면 수십에서 수백만 원을 받을 수 있기 때문이다. 그러나, 반드시 그 이유가 있음을 알아야 한다. 그것은 찻사발이 가지고 있는 '품격品格과 품질品質의 문제'이다. 그런 면에서 품격과 품질이 안 된 찻사발은 사실 일반 그릇과 같아서 비쌀 이유가 없다.

그동안 일반 차인들은 찻사발에 대한 맹목적인 환상이 많은 것 같다. '찻사발은 비싸고, 그냥 좋다'는 인식이다. 그것은 찻사발에 대한 자기 기준과 안목도 없이 그냥 유행 따라 부화뇌동하는 것과 같다. 무엇보다 중요한 건, 차인들이 차도구에 대한 스스로의 안목眼目과 책임의식責任意識을 키워가는 일이다. 올바르게 알고, 제대로 된 차도구를 구해 사용하는 것이 차인들이 할 일이기 때문이다.

일반적으로 찻사발과 다기세트의 가격은 신진도예가新進陶藝家의 경우 10~20만원(좋은 것은 50만원), 중진도예가重鎭陶藝家는 30~50만원(좋은 것은 100만원), 대가大家들은 50~100만원 정도(좋은 것은 수백만 원~수천만원)가 적당한 것 같다. 이 경우에도 작품 수준이 높은 경우에는 몇 배 이상 더 받을 수는 있다고 본다. 하지만 우리나라의 시장 상황과 생활

산청요의 찻사발들

수준에서 볼 때, 그리고 현실적인 여건에서 이 정도의 가격이 적당하다고 판단된다.

3. 차도구 선택 시의 주의사항

(1) 무유다관 선택 시의 주의사항

최근 몇 년간 무유다관無釉茶罐은 토기와 자사호의 영향으로 많이 사용되는 것 같다. 사실 무유다관은 흙이 가진 원초적인 특성을 잘 포함하고 있기에 애용되고 있는 실정이다.

그러나 무유다관은 특히 흙의 선택이 중요하다. 자사호의 경우 주니朱泥 등 의흥지방 특유의 입경이 매우 곱고 철분 함량이 높은 흙으로 우리나라 가마와는 상대적으로 낮은 온도로 소성되었다.

우리나라의 경우 이른바 철분을 비교적 많이 함유한 흙(철분 함량 5~15%)으로 무유다관을 만드는 경우가 많다. 옹기토라 부르는 흑토黑土, 또는 황토들은 보통 5~10% 내외의 철분이 있으며, 김해요의 흑토나 사천요의 흑토는 12~16%, 그리고 자사호는 22~24%의 철분이 포함되어 있다. 철분이 많이 함유된 흙일수록 철분이 쉽게 녹아서 내려앉을 가능성이 높으므로 철분이 10% 이상 함유한 흙은 다른 내화도가 높은 흙과 혼합하여 사용해야 1,200도 이상의 고온에서 소성할 수 있다.

이와 함께 흙의 철분도 중요하지만, 자연적인 풍화가 잘된 흙이 보다 잘 자화되는 것 같고, 질감도 좋은 것 같다. 그러기에 무유로 된 차도구의 선정 시엔 자화도에 따른 흙냄새를 확인해 볼 필요성이 있다. 흙의 입자가 커서 너무 거칠고, 풍화가 제대로 이루어지지 않은 흙으로 만든 무유 차도구는 차를 마시기에 적당하지 않기 때문이다.

김해요 무유다관과 다해

    그러므로 무유無釉로 된 차도구를 사용할 경우에는 전용 차도구로 사용하거나, 사용 후에는 뜨거운 물로 잘 씻고 잘 건조시켜 보관하여야 한다.

(2) 분청 차도구 선택 시의 주의사항

    한국 도자기 역사에서 분청은 자연스러움과 자유스러움을 가장 잘 표출한 대표적인 도자기이다. 분청은 청자 기법이 쇠퇴한 이후 각 지방의 민요에서 많이 만들어지게 되는데, 오늘날 전해지는 대부분의 옛 분청사기는 태토와 유약이 잘 자화된 도자기이다. 그러므로 설익은 분청보다는 잘 익은 분청사기가 차심은 더디 들어도 오래 사용하면 깊은 맛이 있어 좋다. 한두 번 사용해서 손쉽게 차심이 드는 차도구는 바람직하지 않으므로 구입하지 않는 것이 좋다.

윤광조 선생의 율(律: 32×32×42cm, 1988)

4. 이 시대 도예가의 할 일

21세기 차도구를 만드는 도예가들은 각자의 세계를 완성하기 위하여 다음과 같이 할 일들이 있다.

첫째, 피상적으로 남의 것만을 쉽게 모방하기보다는 '이 시대의 유산遺産이 다음 시대의 유산이 된다'는 사실을 인지하고, 이 시대를 대표하는 자기만의 차도구茶道具를 만들어가야 한다.

둘째, 무엇보다 자기만의 형태形態와 질감質感을 만들어야 한다. 책을 보고, 사진만을 보고 만들 것이 아니라, 옛 사발이나 또는 대가들의 작품을 직접 보고 작업하여야 한다. 그리고 기본이 선 다음에는 명품에 대한 흉내나 재현에만 머물러서는 안 되며, 가능한 빨리 자기만의 형태와 질감을 드러내야 한다.

셋째, 차도구를 만드는 도예가들은 기본적으로 차茶의 특성特性을 확인하고, 그 특성에 맞는 차도구를 개발할 줄 알아야 한다. 간혹 도예가들이 차를 마시지 않으면서 차도구를 만드는 경우가 있다. 차의 특성과 차문화에 대한 막연한 이해로 차도구를 만든다는 것은 겉만 보고 만드는 것일 수밖에 없다. 그런 의미에서 각 도예가마다 자신의 차도구에 어울리는 차를 개발하는 것이 좋다. 차문화에 맞추어서 시대적 트렌드를 선도해 갈 수 있는 차도구를 만드는 것이 필요하다. 그러기에 차도구를 만드는 도예가라면 기본적으로 차를 즐기는 차인이 되어서 차도구의 특성화에 이바지할 수 있어야 한다. 더불어 이 시대 올바른 차문화 정립을 위하여 노력하여야 한다.

넷째, 가만히 도예가들을 탐방하다 보면, 사업가事業家인지 도예가陶藝家인지 혼돈스러울 때가 있다. 도예가는 작품作品으로 이야기하여야 하고, 작업에 매진하는 것이 좋은 것 같다. 자기 작품이 좋다면, 그 자체로 좋은 것이고, 경쟁력이 있기 때문이다.

다섯째, 도예가도 부단히 공부해야 한다. 한두 번의 성취에 만족하여 스스로의 발전을 위한 연구와 노력이 준비되지 않는다면, 현실적으로나 장기적으로 봐도 그것은 퇴보이다. 적어도 한 시대를 대표하는 도예가가 되고자 한다면, 항시 연구하는 자세로 시대적時代的 특성을 담을 줄 알아야 하고, 더불어 미래未來를 준비하고 창조해 가야 한다.

무엇보다 세상일도 그렇지만, 영원한 것은 없다. 변화變化하는 것만이 진리이다. 그러기에 제대로 된 작가라면, 끊임없이 새로움을 추구해야 하고, 공부해 가야 한다. 스스로에 만족해서 변화하지 않으면 정체되어 뒤처지게 되고 결국은 사라지게 된다.

여섯째, 도예가陶藝家는 도예가 이전에 무엇보다 인간人間이 되어야 한다. 기술보다 작품 자체가, 그리고 최종적으로는 작품보다 인간됨이, 그런 마음가짐이 문제가 된다. 그런 측면에서 도예가로서의 주체성을 확립하고, 인간적인 수행을 겸비하는 것이 좋다. 도예陶藝란 흙을 통해 궁극의 경지를 드러내는 도道의 길이기도 하다. 그런 면에서 흙을 통해 도자기를 만드는 도예가는 '도인陶人'이기도 하지만, 평생에 걸쳐 노력하는 '도인道人'의 길을 가야 한다. 항시 작품의 완성과 함께 인간적인 성숙이 같이 이루어져야 한다. 특히 도예가에 대한 최종적인 평가는 작품의 품질과 품격品格, 그리고 도예가의 인품人品으로 판명됨을 알고, 작품의 질과 스스로의 삶을 향상시키고자 부단히 노력하여야 한다.

일곱째, 많은 전통도예 차도구 작가들이 스승에게 물려받은 형태와 질감을 그대로 추종하는 경우가 많다. 현실적으로 스승의 원숙한 장인 정신을 본받아서 스승의 깊이있는 질감과 경험을 자기화하는 과정이 필요하다. 적어도 수십 년 이상의 기술적 노하우를 배우는 것은 중요하나, 맹목적으로 그대로 따라하는 것은 작가를 위해서 바람직한 것은 아니라고 본다. 변화하는 시대의 흐름에 맞추어서 스승을 추월하는 작품활동이 나와야 온전한 작가라고 할 수가 있다. 그런 면에서 청출어람靑出於藍의 정신으로 스승보다 나은 작가가 되도록 노력하여야 한다.

여덟째, 가장 한국적인 것이 가장 세계적이라는 말이 있다. 너무 우리 것만을 고수하자는 국수적인 이야기가 아니라, 한국인으로서 한국 특성에 맞고 한국인들이 잘 하는 것이 있다. 그러한 특성을 살려 한국적인 문화적 특성과 다양성을 살려가자는 것이다. 차도구도 한·중·일 간의 장점과 특성이 있고, 한국인이 가지고 있는 그러한 장점과 특성들을 살려가야 한다는 점이다.

아홉째, 마지막으로 바람직한 사회는 건전한 기부문화寄附文化와 자원봉사自願奉仕, 그런 사회적 봉사와 실천이 뒷받침되어야 한다. 흙을 통해 배워가는 세상에서 흙으로 돌아가는 인간이기에 이 세상에 태어났다면 세상에 도움이 되는 존재로 살다 가는 것이 좋다. 바쁘고 어려운 가운데서도 세상에 이바지할 방법을 찾고, 세상과 차문화의 발전에 이바지하여야 한다. 내가 아는 어느 도예가는 흙으로 먹고 살았으니, 이제는 주위에 봉사도 해야 한다는 생각에서 매회 가마가 나올 때마다, 다기세트 한두 세트들을 모아 사회시설이나 선방 스님들께 드린다고 한다. 무언가 할 수 있는 일이 있다면, 세상속에서 무엇이든 기여

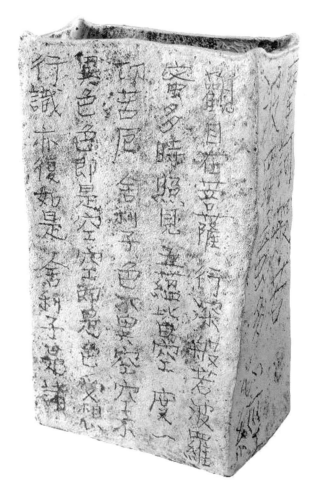

윤광조선생 바람골(Windy valley)

하며 더불어 사는 것이 좋은 것 같다. 크게 보면 우리들이 사는 세상은 혼자만 사는 것이 아니다. 같은 시대를 살며 사회社會와, 그리고 시대문화時代文化와 공유하며, 한 시대를 이끌어가는 것이 좋다. 그와 같은 하나하나의 우리들의 삶이 모여 한 시대時代와 문화文化를 만들어 가기 때문이다.

5. 차인들의 할 일

21세기 차문화의 발전을 위해 차인들은 각자가 좋아하는 차도구에 대한 종합적인 안목과 책임의식을 고취하기 위해 다음과 같이 할 일들이 있다.

첫째, 모름지기 차를 즐기는 차인이라면, 무엇보다 꾸준히 공부해야 한다. 요즘은 수많은 정보와 선택의 기로에 있다. 제대로 된 삶을 위하여 평생平生 동안 부단히 공부하며 정진해야 한다.

둘째, 차茶를 마시는 차인茶人이라면, 기본적으로 생활生活 속에서 차를 즐기며, 진실真實해야 한다. 차의 기본적 특성은 정신을 맑게 하고, 우리들의 삶을 정신적으로나 육체적으로 청정清淨하게 하여 준다. 그러므로 차를 즐기는 차인이라면, 청정한 차의 기본적인 품성대로 자신을 맑게 하고, 세상을 맑게 하는 데 이바지해야 한다.

셋째, 또한 바람직한 차인이라면 스스로의 주체성主體性과 올바른 차인상茶人像을 위해 스스로 정진하고, 우리 시대 차문화의 발전과 차 정신을 잘 선도할 수 있도록 노력해야 한다.

넷째, 차인으로서 사용하는 차도구에 대한 전문적인 안목眼目과 식견識見을 겸비해야 한다. 단순히 차도구를 사용할 뿐만이 아니라, 이 시대 차문화를 공유하기 위해서는 우리가 사용하는 차도구에 대한 전문적인 안목을 갖추어서 이 시대 차도구의 발전에 이바지할 수 있도록 하여야 한다. 차를 즐기는 차인이라면 자기 마음에 드는 차도구를 선택하여 평생동안 사용한 후, 후대後代에 전해줄 책임이 있다. 그리고 단순히 말만으로 구입하거나, 도예가의 이름이나 가격만 보고 살 것이 아니라, 스스로의 안목으로 차도구를 선택할 줄 알아야 한다.

다섯째, 차도구의 완성은 최종적으로는 흙맛, 도예가의 손맛, 자연의 불맛, 그리고 차인들의 차맛으로 결정된다. 자연과 도예가와 차인들이 만들어내는 흙과 손과 불과 차맛으로 이루어지는 아름다운 차도구의 세계를 저마다 드러내기 위해서 노력해야 한다. 결국 우리는 이 시대 도예가들의 차도구를 선택해서 끊임없이 차생활을 즐기며 아름다운 차도구의 세계를 만들어 가야 한다.

여섯째, 우리나라의 경우 과거로부터 물려받은 수백 년 이상된 전세傳世 차도구茶道具는 매우 드문 실정이다. 그러므로 이 시대의 차인이라면 우리 자신만이 즐기고 향유할 것이 아니라, 우리의 후대들도 더불어 즐길 수 있도록 온전히 가르치고, 자신들이 즐겨 썼던 평생의 차도구를 물려줄 필요성이 있다. 지금 우리들이 사용하는 차도구茶道具는 결국 이 시대의 산물이자, 이 시대의 유산遺産으로서 다음 시대의 유산이 될 수 있다. 이 시대를 대표하는 차도구를 구입하여 사용함으로써 차문화의 발전과 시대문화를 공유하고 창출할 수 있도록 노력하여야 한다.

6. 차인들과 차 단체들의 할 일

한 7~8년 전에 현존 작가 중심으로 '한국차도구 100선', '한국찻사발 100선', '한국다관 100선', '한국의 찻잔 100선', '한국찻사발 10선', '한국다관 10선', '한국찻잔 10선' 등이라는 주제로 우리나라의 차도구를 정리해 본 적이 있었다. 수천 개 중에서 100개를 정한다는 것, 그리고 그 100개 중에서 다시 50개를, 그리고 10개를 정한다는 것, 마지막으로 단 하나를 정한다는 것은 참 어려운 일이다.

그렇듯이 지금 전통 차도구를 하는 도예가 수백 명 중에서 '한국의 전통 차도구 작가 10인전', '한국의 전통찻사발 작가 10인전', '한국의 전통다관 작가 10인전' 등을 선정하여 전시한다는 것도 어려운 일이다. 그렇지만 단순한 인지도나 인기도가 아닌 작품作品의 완성도完成度 및 품격品格 등에 따른 몇 가지 기준에 따라 선정한다면 그리 어려운 일은 아니다. 선정자에 따라 주관적일 수도 있지만, 차도구가 가지고 있는 기능성과 작품성, 그리고 시대성에 대한 제대로 된 안목과 식견을 가지고 있다면, 현재의 시점에서 그것은 쉽게 달성할 수 있는 일이기 때문이다.

그런 의미에서 오늘날의 차인茶人이라면, 지금 우리가 사는 이 시대의 차도구들에 대해 한 번 정도는 섭렵하고, 스스로의 기준을 정립할 필요성이 있다. 한 시대를 살며 공유하는 시대문화의 세계는 무척 의미있는 일이고, 재미있는 일이기 때문이다. 더욱 차인 한 사람이 찻사발이나 다관 등을 1,000개, 100개를 구입하여 소장한다는 것은 특별한 재력가가 아닌 이상 힘든 일이다. 하지만 자기가 좋아하는 차도구 10개, 아니 단 하나 정도라면 그리 부담되는 일은 아니다. 문제는 스스로가 관심을 갖고, 스스로의 시간과 노력을 투자하느냐의 문제이다. 특히 우리나라의 차도구 전체와 전통 도예가에 대한 자기 나름대로의 정리는 관심만 있다면 누구나 할 수 있는 일이기 때문이다.

그런 의미에서 차 단체나, 차회 등에서 할 수 있는 일이 있다. 각 차회의 차인들이 각각 이 시대 대표작가들의 차도구茶道具나, 차인들의 차도구를 모아 '한국 차도구 100선', '한국 차도구 10선' 등을 할 수가 있기 때문이다. 이때의 문제는 각 차인들의 안목과 수준이다. 그러기 위해서라도 각 차인들과 각 단체의 지도자들은 스스로 제대로 된 안목과 식견을 높여갈 줄 알아야 한다. 우리가 사는 이 시대의 차문화에 대해 공부하듯이, 차도구에 대한 끊임없는 관심을 가지고, 공부를 하면 된다. 각 차회건 차인이건 간에 차를 마시기 위한 기본적인 차도구는 필요하다. 그렇다면 이왕이면 제대로 된 차도구를 수집하여 잘 사용하고, 우리 후대後代에까지 전해줄 필요성이 있다.

알다시피 우리나라 문화는 연속성連續性이 매우 부족하다. 차도구의 경우에도 대부분이 매장埋葬유물이지 우리 선대로부터 전해져 온 전세傳世 차도구가 거의 없는 실정이다. 차문화茶文化가 바람직하고, 좋은 문

윤광조 선생의 차통

화라면, 우리 자신들이 당대에만 즐기고 갈 것이 아니라, 우리 후대들에게도 잘 전해야 한다. 그렇듯이 우리들이 사용하는 차도구도 이왕이면 제대로 된 차도구를 구입하여 사용하고, 우리의 후대들에게 유산遺産으로 물려줄 수 있어야 한다.

7. 차도구의 보관과 관리

잘 만들어진 차도구는 최종적으로 차인들의 사용에 의해 완성된다. 차도구의 보관과 관리를 위해 유의해야 할 사항들은 다음과 같다.

첫째, 차도구茶道具의 구입 시 일부 차인茶人들은 차심이 든 차도구를 구입하는 경우가 있다. 그러나 그것은 다음의 두 가지 면에서 바람직하지 않다.

첫째는 차심은 사용하는 차인들의 품격品格의 결과이기도 하기에 가능하면 차인 스스로 길들여가는 것이 바람직하다.

둘째는 차심이 든 차도구의 경우에는 대부분 사용하던 차의 향 등이 남아 있으므로, 특히 좋은 차를 우릴 경우 독특한 맛과 향을 저해할 수가 있으므로 피하는 것이 좋다.

또한 일부 도예가나 차인들은 차심의 효과를 촉진하기 위하여 찻물에 한참 담가두거나, 끓이는 경우가 있다. 그러나 도자기 유약의 균열현상으로 인한 차심 등은 오랜 기간 동안 즐기는 과정에서 발생하는 자연스런 현상이 바람직하다. 겉으로 드러난 현상만을 볼 것이 아니라, 적어도 세월歲月의 즐거움이라는 세월이 만들어 가는 자연의 맛을 사랑하는 것이 좋기 때문이다.

둘째, 처음 구한 차도구茶道具는 우선 깨끗이 끓인 물로 잘 행구거나, 한 번 삶아주는 것이 좋다. 처음 가마에서 나온 차도구는 돌가루 등 미세한 먼지 등이 포함되어 있으므로 잘 씻은 뒤에 사용하는 것이 좋다.

셋째, 차도구는 사용한 후 항시 그때그때 깨끗이 씻은 후 물기를 닦은 뒤에 먼지가 앉지 않는 곳에 깨끗하게 보관하여야 한다. 특히 습기가 많은 곳에서는 마른 헝겊 등으로 물기를 잘 닦은 후 건조한 곳에 보관하여야 한다. 그렇지 않을 경우 곰팡이 등이 생기거나 좋지 않은 냄새가 배어 차를 마시기에 적당하지 않게 된다. 특히 분청 차도구나 무유로 만든 차도구 자사호로 만든 차도구인 경우에는 특별히 주의해야 하며, 차를 마실 때마다 그때그때 깨끗하게 정리하여 두는 것이 좋다.
또한 잘못 사용하여 냄새가 밴 차도구는 우선 일차적으로 팔팔 끓는 물에 끓인 후 잘 건조하여 사용하는 것이 좋지만, 심한 경우에는 초벌구이나 600도 정도의 전기로에서 30분 정도 소성시키면 유기물과 향 종류인 방향족 화합물들은 모두 산화되어 없어지게 된다. 수돗물을 사용했을 때 발생할 수 있는 염소 냄새 등도 같은 방법으로 완전하게 제거할 수가 있다.

넷째, 도자기로 만든 차도구는 많은 경우 잘못 사용하거나 부주의할 경우 쉽게 손상될 수가 있다. 그러므로 가능하면 차도구는 조심하여 사용하여야 한다. 그리고 다관의 물대나 사발의 전 부분 등 돌출 부분의 일부가 손상되었을 경우에는, 최근에는 도자기의 수리가 잘 되고 있으므로 손상된 도자기를 무조건 버릴 것이 아니라 상황에 따라 잘 수리하여 사용하는 것도 좋다.

다섯째, 고급차의 경우 차의 향과 맛을 온전하게 유지하기 위해서는 백자 차도구나 청자 차도구를 사용하는 것이 좋다. 특히 해안지역 등 습기가 많은 지역의 경우에는 잘 자화되지 않거나, 차도구의 균열이 많은 분청 차도구 등은 바람직하지 않다. 다관의 경우, 일부 차를 흡수하는 경우에는 하나의 다관만을 사용하는 전용다관專用茶罐을 마련하여 사용하는 것도 바람직하다. 특히 향과 맛이 섬세한 차들은 전용다관을 사용하거나, 백자 등 완전 자화된 차도구를 사용하는 것이 좋다.

여섯째, 일부 무유 차도구나 분청 차도구의 경우 잘 자화되지 않아서 흙의 냄새가 나는 것은 차의 맛과 향을 그르칠 수 있으므로 사용하지 않는 것이 좋다. 특히 차향과 차맛을 쉽게 흡수할 수 있는 분청이나, 무유, 자사호 등의 차도구는 전용다관으로 사용하거나, 사용 후 항시 깨끗하게 정리하여 수분 등을 잘 건조시킨 후 사용하여야 한다.

일곱째, 우리나라의 경우 윗대로부터 사용된 전세傳世 차도구茶道具가 많지 않은 편이다. 우리다운 차문화의 전통을 유지하고자 한다면, 지금 우리들이 사용하는 좋은 차도구를 후손들이 계속 사용하여 후대의 유산遺産으로 남을 수 있도록 하여야 한다. 그런 측면에서 오늘날 이 시대의 차인들은 이 시대의 명품名品들을 구입하여 잘 사용한 후, 다음 시대의 유산자원遺産資源으로 후손들에게 남겨줘야 할 책임이 있다.

喫茶去

崇山

숭산스님의 선서(끽다거)

연구과제

1. 내 마음의 다관/찻사발/찻잔
2. 내 마음의 차도구
3. 차도구의 가격과 작품성
4. 차도구 선택 시 주의사항
5. 이 시대 도예가의 할 일
6. 이 시대 차인들의 할 일
7. 한국차도구/찻사발/다관/찻잔 100선/10선
8. 한국차도구작가 100인/10인
9. 차도구의 보관과 관리
10. 유산자원으로서의 차도구

제8장

종합결론 :
내 마음의 차도구를 찾아서

제8장

종합결론 : 내 마음의 차도구를 찾아서

차茶를 즐기며, 차문화茶文化를 향유한다는 것은 평생 동안 즐거움을 생활화하며 나누는 것이다. 우리 모두는 각자 인생人生이라는 긴 여정에서 서로 도와주고 공유하며 살고 있다. 그런 의미에서 차를 즐기는 차인茶人이라면 이 시대 차문화茶文化를 공유하며, 시대문화時代文化를 이끌어간다는 사명감이 있어야 한다. 그런 의미에서 차인茶人들에게 차도구茶道具는 자연과 세상, 그리고 시대가 주는 선물이고 축복이다.

누구든 차를 즐기는 차인茶人이라면 자신만의 차도구를 갖고 싶어한다. 어떤 사람은 '일생일기一生一器'라 하여 평생 사용할 만한 하나의 차도구를 바라고, '평생다완平生茶碗'이라 하여 평생 즐겨 사용할 차도구를 원하게 된다.

차를 마시는 차인에게 '내 마음의 차도구[吾心之茶具]'는 차를 마시며 즐길 수 있는 마음의 벗이고, 평생平生의 친구이다.

그런 의미에서 우리가 이 세상에 살며 자기 마음에 드는 차도구로 차茶를 마신다는 것은 삶을 즐긴다는 것이고, 평생平生의 길을 함께하는 것이며, 시대문화時代文化를 공유하고 이끌어가는 것이다.

우리나라의 경우 선대先代들이 사용하고 전해준 전세傳世 사발이 거의 없다. 좋은 문화란 이어서 전해져야 하나, 그렇지 못하다는 것이 안타까운 일이다. 앞으로는 마음에 맞는 저마다의 차도구를 사용한 후, 우리의 후대後代들에게도 전해져서 미래의 유산遺産으로 남게 되기를 고대한다.

그러기 위해서는 이 시대를 사는 차인茶人이라면 이 시대를 대표할 만한 차도구를 구할 수 있어야 한다. 이른바 '명품名品'이라는 차도구는 작품성作品性이 있으면서 '시대성時代性과 작가정신作家精神'을 담고 있는 것이 좋다.

어느 차회의 차인들과 도자기 가마에 가서 작품들을 구한 적이 있다. 그때 많은 차인들이 작품을 구할 때 자기의 안목으로 자기가 원하는 작품들을 구하는 것이 아니라, '선생님이 골라주세요' 또는 '가격이 비싼 걸로 주세요' 하는 두 가지 구매 패턴이 있음을 보게되었다.

자기가 좋아하는 형태와 질감, 자기만의 맛과 느낌이 아니라 남에게 의지하는 것은 바람직한 것이 아니다. 진정한 차인이라면, 스스로의 안목과 판단을 가지고 차도구를 선택할 수 있어야 한다.

우리 모두 스스로의 안목을 높여 도예가가 자신만의 차도구를 만들어가듯, 이 시대 자신만의 차도구를 찾아서 사용하고, 미래의 유산遺産으로 전해지기를 바란다.

이와 함께 21세기인 지금에는 전통사발 등의 재현도 중요하지만, '이 시대의 특성을 담은 우리 시대의 차도구茶道具가 무엇인가?'에 대한 시대적인 고민과 모색이 필요하다.

특히 과거의 전통을 바탕으로 이 시대 자기만의 차도구에 대한 진지한 고민과 모색이 필요하다. 이 점은 도예가만의 문제가 아니라, 차인들도 함께해야 할 모두의 문제이다.

세상일도 그렇지만, 변화變化하는 것만이 진리이다. 그러기에 제대로 된 작가라면, 그리고 차인이라면 끊임없이 새로움을 추구해야 하고, 공부해 가야 한다. 변화하지 않으면 정체되어 뒤처지게 되고 결국은 사라지게 되기 때문이다.

그러므로 이제는 차도구茶道具에 대한 개괄적인 지식과 이론만이 아니라, 모든 차인들이 저마다 자신만의 차도구, 그런 내 마음의 차도구에 대해 고민하고 모색해야 할 때이다.

그리하여 차도구에 관심이 있는 사람이라면, 어느 한 순간이라도, 그리고 가능하다면 끊임없이 이 시대의 차도구를 찾아가야 하고, 우리들의 생활속에서 평생 동안 즐겨야 한다.

최종적인 차도구의 완성은 자연의 흙 맛, 도예가의 손 맛, 자연의 불 맛, 그리고 차인들의 차 맛으로 결정된다. 흙과 손과 불과 차 맛으로 이루어지는, 자연과 사람이 하나가 되어 만들어 내는 아름다운 차도구의 세계를 저마다의 삶 속에서 드러내기를 바라며 이 글을 마무리하고자 한다.

자, 이제 우리 모두 조용히 눈을 감고 한 번 생각해 보자. 그리고 이 시대 '내 마음의 차도구茶道具'를 찾아 스스로의 길을 찾아가 보는 것이 필요하다.

"이 시대의 차도구茶道具는 어떠해야 하는가?"
"내 마음의 다관茶罐은 어떤 것인가?"
"내 마음의 찻사발[茶碗]은 어떤 것인가?"

"우리 시대의 차도구는 무엇인가?"

마지막으로 모든 차인들이 우리 시대 아름다운 그리고 품격있는 차 문화를 이루어 가기 바라며, 조선 연산군 때 무오사화에 연루되어 돌아가신 우리나라 최초最初이자 최고最古의 다서茶書인 《다부茶賦》를 지은 한재寒齋 이목李穆(1471~1498) 선생의 차 노래로서 마무리하고자 한다.

내가 세상에 태어남에, 풍파(風波)가 모질구나.
양생(養生)에 뜻을 둠에 너[茶]를 버리고 무엇을 구하리오?
나는 너를 지니고 다니면서 마시고, 너는 나를 따라 노니,
꽃 피는 아침, 달 뜨는 저녁에, 즐겨서 싫어함이 없도다.
我生世兮風波惡 如志乎養生 捨汝而何求
我携爾飮 爾從我游 花朝月暮 樂且無斁

연구과제

1. 이 시대의 특성을 담은 차도구(茶道具)는 무엇인가?

2. 내 마음의 차도구/다관/찻사발/찻잔은 무엇인가?

3. '일생일기(一生一器)'/'평생다완(平生茶碗)'

4. 시대정신과 차도구

5. 유산자원으로서의 차도구

6. 21세기 우리 시대의 차도구는 어떠해야 하는가?

참고문헌

1. 한국서적

권영필 외,《한국의 미를 다시 읽는다》, 돌베개, 2005

한국역사연구회,《역사문화수첩》, 역민사, 2000

김원룡 감수,《한국미술문화의 이해》, 도서출판 예경, 1994

안장헌,《문화유산일기》, 진선출판사, 2003

유홍준·윤용이,《알기쉬운 한국 도자사》, 학고재, 2001

한국문화상징사전편찬위원회,《한국문화상징사전 1》, 동아출판사, 1992

중앙일보, 〈韓國의 美〉⑤ 土器, 1977

중앙일보, 〈韓國의 美〉④ 靑磁, 1977

중앙일보, 〈韓國의 美〉③ 粉靑沙器, 1977

중앙일보, 〈韓國의 美〉② 白磁, 1977

해인승가대학 다경원,《다로경권》

박정상,《찻사발》, 태학원, 1999

월간다도,《초대명인 오인전》, 2003

박홍관,《사기장 이야기》, 이래디자인, 2004

박홍관,《찻잔 이야기》, 이래디자인, 2003

신한균,《우리 사발 이야기》, 가야넷, 2005

정동주,《조선찻사발 천년의 비밀》, 한길아트, 2001

정동주,《우리 시대 차도구는 무엇인가》, 다른세상, 2005

고세연,《차도구의 미학》, 미래문화사, 2002

신수길,《차도구-차생활의 모든 것》, 솔과학, 2005

김동현,《다기 작은 공간의 미학》, 차와사람, 2008

김동현,《우리 시대 다도구장》, 차와사람, 2010

호암미술관·중앙일보, 〈분청사기 명품전-한국미의 원형을 찾아서〉, 2001.
8. 3~10. 28

국립광주박물관, 〈고려음(高麗飮), 청자에 담긴 차와 술문화〉, 2021. 12

송광사 성보박물관, 〈朝鮮사발의 美: 日本茶碗의 源流를 찾아서〉, 2003. 5.
4~8. 15

청주불교방송, 〈조선찻사발특별전: 오백년만의 귀향〉, 2004

월정사 성보박물관, 〈대한민국 찻사발특별전〉, 2010. 10. 15

봉은사, 〈봉은사 전통문화축제: 한국찻사발 108인전〉, 2021

又松 김대희, 〈흙의 마음 : 우송 김대희 작품전〉, 글로만든집, 2001

陶谷 鄭点敎, 〈宇宙의 氣 連作〉, 2010. 2

김정옥, 〈중요무형문화재 105호 사기장 白山 金正玉〉, 영남요, 2015

이병인 편저, 《토야요 : 차도구의 세계》, FM DESIGN, 2011

한국아트미술관, 〈연파 신현철 도예전〉, 2008

화인갤러리초대 제3회 김해요 김경수 도예작품전, 〈내 마음의 차도구전〉, 2007

신현철, 〈(광주 왕실 도자기명장) 蓮波 申鉉哲 도자예술〉, 도록닷컴, 2017. 4. 13

한국문화정품관, 〈한국다기육준〉, 2018. 5. 10~5. 20

경상북도, 〈우리시대 도예명인 7인전〉, 2019

구마쿠라 이사오 엮음, 김순희 옮김, 《야나기 무네요시 다도와 일본의 미》,
소화, 1996

야나기 무네요시 지음, 이길진 옮김, 《조선과 그 예술》, 신구, 1994

서울옥션, 〈다도〉, 2012. 11. 6

2016 문경전통찻사발축제, 〈2016 문경전국찻사발공모대전〉, 2016

2016 문경전통찻사발축제, 〈명품전: 한·중·일 도자국제교류전〉, 2016

경상남도, 〈2012 경남 茶사발 초대공모전〉, 2012. 10. 25~10. 28

경상남도, 〈2018 제5회 경남 茶사발 전국공모전 및 초대전,〉 2018. 10. 25~10. 31

경남찻사발 전국공모전 운영위원회, 〈2014 경남찻사발 전국공모전 및 초대전 기념 국제찻사발 학술세미나 : 한국찻사발의 원형을 찾아서〉, 2014. 10. 29

경남찻사발 전국공모전 및 초대전 운영위원회, 〈2018 경남찻사발 전국공모전 및 초대전 기념 국제찻사발 학술세미나/특강 : 한국찻사발의 품격과 찻사발 명칭의 문제점〉, 2018. 11. 17

치우지평 지음, 김봉건 옮김, 《그림으로 읽는 육우의 다경 : 다경도설(茶經圖說)》, 이른아침, 2003

이병인, 《한재다부연구》, 이른아침, 2022

2. 일본서적

閔泳麒 高麗茶碗展, 日本橋三越本店本館六階美術特選畫廊, 平成 18年 3月 14日~20日

韓國 山清窯 閔泳麒 作陶展, 日本 壺中居, 2001. 5. 14~5. 19

小山富士夫 監修, 茶碗 第二卷 朝鮮 一, 平凡社, 1972

小山富士夫 監修, 茶碗 第三卷 朝鮮 二, 平凡社, 1972

小田榮一, 高麗茶碗, 淡交社, 1999

高麗茶碗研究會, 高麗茶碗-論考と 資料, 河原書店, 2003

谷晃, 申翰均 著, 高麗茶碗, 淡交社, 2008

根津美術館, 井戸茶碗, 2013

3. 중국서적

韓其樓 編著, 紫砂壺全書, 華齡出版社, 2006

宜興壺公 著編, 壺魂, 唐人工藝出版社, 2003

찾아보기

한국의 차도구 - 내 마음의 차도구

초판 1쇄 인쇄 2023년 3월 1일
초판 1쇄 발행 2023년 3월 1일

저   자 이병인·안범수·홍석환

펴 낸 이 김환기
펴 낸 곳 도서출판 이른아침
주   소 경기 고양시 덕양구 삼원로 63 고양아크비즈 927호
전   화 031-908-7995
팩   스 070-4758-0887
등   록 2003년 9월 30일 제313-2003-00324호
이 메 일 booksorie@naver.com

ISBN 978-89-6745-139-4 (93810)